Diretora-executiva
Renata Sturm

Diretor Financeiro
Guther Faggion

Diretor Comercial
Nilson Roberto da Silva

Administração
Alberto Balbino

Editor
Pedro Aranha

Direção de Arte
Rafael Bersi

Marketing e Comunicação
Matheus da Costa, Bianca Oliveira

DADOS INTERNACIONAIS DE CATALOGAÇÃO NA PUBLICAÇÃO (CIP)
ANGÉLICA ILACQUA — CRB-8/7057

Carroll, Lewis, 1832-1898

Alice no país das maravilhas / Lewis Carroll. -- São Paulo : Maquinaria Sankto Editora e Distribuidora Ltda, 2025.

112 p.

ISBN 978-85-94484-80-2

1. Literatura infantojuvenil inglesa I. Título

25-1326 CDD 028.5

ÍNDICE PARA CATÁLOGO SISTEMÁTICO:

1. Literatura infantojuvenil inglesa

mqnr versia

Rua Pedro de Toledo, 129 — Sala 104
Vila Clementino — São Paulo — SP, CEP: 04039-030
www.mqnr.com.br/versia

LEWIS CARROLL

Alice

no país das maravilhas

versia

PREFÁCIO — POR MONTEIRO LOBATO

Há muitos anos, um professor de matemática de Oxford chamado Lewis Carroll, que era muito amigo das crianças, saiu para passear de bote no rio Tâmisa com três menininhas. Para divertir as crianças, ele criou uma história que elas gostaram bastante.

Ao chegar em casa, ele pensou em escrever essa história. Assim, mais um livro incrível surgiu para a biblioteca infantil universal. O nome do livro é Alice no País das Maravilhas.

O livro se tornou conhecido entre as pessoas que falam inglês. Foi traduzido em todos os lugares. O autor se tornou famoso para sempre.

Hoje mostra em português. Traduzir é sempre complicado. Traduzir uma obra como a de Lewis Carroll é muito difícil. É o sonho de uma menina arteira. Esse sonho é em inglês e fala de coisas da Inglaterra. Tem palavras, referências, citações, brincadeiras, versos, humor, trocadilhos, tudo em inglês. É algo especial, feito só para o jeito de pensar das crianças inglesas.

O tradutor fez o seu melhor, mas pede para os jovens leitores não avaliarem o texto original pela versão que ele fez. A diferença entre as duas línguas é grande. A língua inglesa e a língua portuguesa têm muitas características distintas. Além disso, as mentalidades também são diferentes. As pessoas na Inglaterra e no Brasil pensam de maneiras diversas. Essas diferenças nas línguas e nas formas de pensar são importantes.

Há alguns anos, o manuscrito original de Alice no País das Maravilhas, escrito pelo autor, apareceu em um leilão de livros antigos em Londres. Muitas pessoas queriam ganhar isso. Uma delas foi o British Museum, que tinha separado um dinheiro para isso.

12.500 libras esterlinas para comprar. Esse dinheiro foi pouco. Um americano chegou e deu um preço maior. Ele comprou o manuscrito por 15.400 libras, que equivalem a 75.259 dólares, que é a moeda dele. Qualquer quantia em torno de mil e poucos reais, de acordo com o valor atual.

É importante lembrar que isso aconteceu nos anos 1930. Isso mostra o grande valor que algumas pessoas em certos países dão ao trabalho de escrever livros.

As crianças do Brasil vão ler a história de Alice porque Narizinho pediu. Narizinho é uma personagem famosa de Monteiro Lobato. Essa menina pediu tanto para ver a mulher que não teve jeito; mesmo sendo, como mencionamos, uma obra que não pode ser traduzida.

"Serve desse jeito" ela falou ao olhar a minha tradução. "Dá uma ideia, embora bem fraca, como Emília diz."

Monteiro Lobato, por volta de 1931.

CAPÍTULO 1 • DESCENDO A ENTRADA DA TOCA DO COELHO

Alice estava ficando muito cansada de ficar sentada ao lado de sua irmã no banco. Não tinha nada para fazer ali. Uma ou duas vezes, ela olhou o livro que a irmã estava lendo. Mas o livro não tinha imagens nem conversa. Alice pensou: "Para que serve um livro que não tem imagens nem diálogos?"

Ela pensava sozinha se o prazer de fazer uma coroa de margaridas valia o esforço de se levantar e pegar as flores. Estava calor e isso a deixava cansada e com sono. De repente, um Coelho Branco com olhos rosa passou correndo ao lado dela.

Não tinha nada de muito especial nisso. Alice também não achou estranho ouvir o Coelho falar para ele mesmo: "Oh, céus! Oh, meu Deus! Vou me atrasar! Depois, ao pensar sobre isso, Alice percebeu que deveria ter notado o que aconteceu, mas naquele momento tudo parecia normal. Quando o Coelho realmente tirou um relógio do bolso do colete e olhou para ele com pressa, Alice se levantou. Ela teve a ideia de que nunca tinha visto um coelho com bolso de colete e um relógio. Curiosa, ela correu pelo campo atrás dele. Felizmente, chegou a tempo de ver o Coelho pular para dentro de uma grande toca de coelho debaixo da cerca.

Logo depois, Alice foi atrás dele. Ela não pensou em como sair de lá.

A toca do coelho era apertada como um túnel no início. Depois, ela descia de repente. Era tão rápido que Alice não teve tempo de pensar em parar. Ela apenas caiu em um buraco muito fundo.

Ou o poço era bem fundo, ou ela caiu devagar, porque teve tempo de olhar ao redor e pensar no que ia acontecer depois. Ela tentou olhar para baixo para ver onde estava indo, mas estava muito escuro e não conseguiu enxergar nada. Depois, olhou para os lados do poço e viu que tinha muitos armários e prateleiras cheias de livros. Em alguns lugares, percebeu que havia mapas e quadros pendurados. Ela pegou uma jarra de uma das prateleiras enquanto andava. A jarra tinha um rótulo que dizia "GELEIA DE LARANJA", mas ela ficou muito triste porque estava vazia. Ela não quis deixar a jarra cair porque tinha medo de machucar alguém. Então, quando passou por um dos armários, conseguiu colocar a jarra dentro dele.

"Bem!" — pensou Alice — "Depois de cair assim, eu não preciso mais me preocupar em tropeçar nas escadas!" Todos vão achar que sou corajosa em casa! "Então, eu não falaria nada sobre isso, mesmo se caísse do telhado da casa!" (O que era muito provável que fosse verdade.)

Caindo, caindo, caindo. A queda um dia vai acabar? — "Eu fico pensando quantas milhas eu caí até agora?" — ele disse em voz alta — "Eu acho que estou me aproximando do centro da Terra." "Deixe-me pensar: isso deve ser seis mil quilômetros para baixo, eu acho" — (porque, veja, Alice aprendeu várias coisas desse tipo na escola e, mesmo que essa não fosse uma boa chance para mostrar o que sabia — já que não tinha ninguém para ouvir — era bom repetir para praticar) — "Sim, essa é mais ou menos a distância certa — mas então eu me pergunto, em qual Latitude ou Longitude eu cheguei?"

Alice não sabia o que era Latitude ou Longitude. Mas ela achou que essas eram palavras legais e grandes para usar.

Então ela começou outra vez — "Estou pensando se vou cair pelo outro lado da Terra!" Como será engraçado estar com pessoas que caminham com a cabeça para baixo! "Os Antipáticos, eu acho", disse ela. Ela ficou feliz por não ter ninguém ouvindo agora, porque essa não parecia a palavra certa. "Mas eu preciso perguntar a eles qual é o nome do país, sabe?" "Desculpe, senhora, isso é a Nova Zelândia ou a Austrália?" — ela tentou fazer uma saudação respeitosa enquanto falava, mas a saudação saiu de maneira engraçada enquanto ela estava caindo. Ela vai pensar que sou uma garota pequena e sem conhecimento por fazer essa pergunta! Não, não consigo perguntar: talvez eu encontre escrito em algum lugar.

Caindo, caindo, caindo. Não tinha mais nada para fazer, então Alice logo começou a conversar de novo. Ela disse: "Diná vai sentir muita saudade de mim esta noite, eu acho!" Eu espero que eles se lembrem do prato com leite dela na hora do chá. Diná, minha amada! Eu gostaria que você estivesse aqui embaixo comigo! Eu não vejo ratos voando, mas você pode pegar um morcego. Ele é parecido com um rato, entende? "Mas os gatos comem morcegos?" — E aqui Alice começou a sentir um pouco de sono e continuou falando sozinha, de forma distraída — "Gatos comem morcegos?" "Gatos comem morcegos?" e às vezes "Morcegos comem gatos?" — já que ela não podia responder a nenhuma dessas perguntas, não fazia diferença como elas eram feitas.

Ela percebeu que estava dormindo e começou a sonhar que estava caminhando de mãos dadas com Diná. Ela falava com Diná de jeito sério. Ela disse: "Agora, Diná, me conte a verdade: você já comeu um morcego?" Então, de repente, puff! Puf!, ela bateu em uma montanha de gravetos e folhas secas. A queda chegou ao fim.

Alice não estava machucada. Ela ficou de pé rapidamente. Olhou para cima, mas tudo estava muito escuro. Na frente dela, havia um corredor longo. O Coelho Branco ainda estava correndo por esse corredor. Por favor, forneça um texto para que eu possa criar a paráfrase de acordo com as regras.

Alice não queria perder tempo. Ela correu rápido e chegou a tempo de ouvir o Coelho dizer enquanto virava a esquina: "Oh, minhas orelhas e bigodes, como está ficando tarde!" Alice estava bem atrás dele ao virar a esquina, mas não conseguiu mais ver o Coelho. Ela se deu conta de que estava em uma sala longa e baixa, que tinha luz de lâmpadas penduradas no teto.

Na sala, havia portas em todos os lugares, mas todas estavam fechadas. Depois que Alice tentou abrir todas as portas de um lado e do outro, ela andou triste para o centro. Ela se perguntava como poderia sair daquele lugar de novo.

De repente, ela viu uma mesa pequena com três pernas, toda de vidro. Não tinha nada em cima, só uma chave dourada bem pequena. O primeiro pensamento de Alice foi que a chave poderia abrir uma das portas da sala. Mas, infelizmente, ou as fechaduras eram muito grandes, ou a chave era muito pequena. De qualquer forma, a chave não abria nenhuma das portas. Mas, quando ela olhou novamente, viu uma cortina baixa que não tinha percebido antes. Atrás da cortina, havia uma porta pequena com cerca de quarenta centímetros de altura. Ela tentou a chave dourada na fechadura e, para sua felicidade, funcionou!

Alice abriu a porta e viu que ela dava para um corredor pequeno, que não era muito maior que um buraco de rato. Ela se ajoelhou e olhou pela passagem. Do outro lado, havia um jardim muito bonito que você já viu. Alice queria muito sair daquela sala escura. Ela sonhava em andar entre as flores coloridas e as fontes de água fresca. Mas ela não conseguia nem colocar a cabeça pela porta. Ela pensou: "Mesmo se a minha cabeça passar, não vai ajudar sem os meus ombros. Ah, como eu gostaria de conseguir ficar menor como uma lupa! Eu penso que poderia ajudar se eu soubesse como iniciar." Alice começou a achar que poucas coisas eram realmente impossíveis. Isso aconteceu porque muitas coisas estranhas aconteceram recentemente.

Alice achou que não valia a pena esperar perto da portinha, então decidiu voltar para a mesa. Ela esperava encontrar outra chave ou, pelo menos, um livro de regras que ensinasse como encolher pessoas como lunetas. Desta vez, ao olhar, ela encontrou uma garrafa pequena em cima da mesa. "Essa garrafa não estava aqui antes", pensou Alice. Na parte de cima da garrafa, havia um papel com a escrita "BEBA-ME" em letras grandes e bonitas.

Parecia normal lemos "Beba-me", mas a esperta Alice não iria fazer isso sem cuidado. Ela disse: "Não, vou olhar primeiro" e ver se tinha alguma palavra que falasse sobre veneno. Ela já tinha lido várias histórias que contavam sobre crianças que se machucaram ou foram comidas por animais, tudo porque esqueceram as regras que os amigos ensinaram. Essas regras falavam que se você pegar um ferro de lareira quente, você pode se queimar. Também dizia que se você cortar seu dedo fundo com uma faca, ele vai sangrar. E ela sempre lembrou que, se você beber muito de uma garrafa que tem veneno, é quase certo que vai se dar mal em algum momento.

Mas essa garrafa não tinha um rótulo de veneno. Então, Alice decidiu provar o líquido. Ela achou muito saboroso. O gosto era uma mistura de torta de cereja, creme, abacaxi, peru assado, caramelo e torrada com manteiga quente. Por isso, ela acabou bebendo tudo rápido.

"Que sensação esquisita!" — disse Alice. "Devo estar diminuindo como uma lupa."

E realmente estava. Agora ela tinha apenas 25 centímetros de altura. Seu rosto brilhou com a ideia de que finalmente tinha o tamanho certo para entrar pela portinha do lindo jardim. Mas, primeiro, ela ficou esperando alguns minutos para ver se a situação ia melhorar ainda mais. Ela estava um pouco nervosa com isso. "Eu poderia desaparecer, você sabe", Alice falou para si mesma, "como uma vela que se apaga". "Como eu seria então?" — Ela tentou pensar em como é a luz de uma vela depois que a vela apaga. Ela não conseguia se lembrar de ter visto isso antes.

Depois de um tempo, vendo que nada mais acontecia, ela decidiu ir ao jardim de uma vez. Mas, coitada da Alice! Quando ela chegou na porta, percebeu que tinha esquecido a chave dourada. Então, ela voltou até a mesa para pegar.

Quando ela tentou pegar a coisa, percebeu que não conseguia. Ela conseguia ver muito bem através do vidro e tentou subir em uma das pernas da mesa. Mas a perna era muito escorregadia. Quando ficou cansada de tentar, a pobre menina sentou e começou a chorar.

"Vamos, não adianta chorar assim!" — disse Alice para si mesma, com um pouco de rigidez — "É melhor você parar agora!" — Ela costumava dar bons conselhos a si mesma (mesmo que quase nunca os seguisse), e às vezes se castigava tanto que lágrimas caíam de seus olhos. Uma vez, ela lembrou de ter tentado dar tapa nas próprias orelhas porque havia enganado a si mesma em um jogo de croquet que jogava sozinha, já que essa menina curiosa gostava de fazer de conta que era duas pessoas. "Mas não adianta agora atuar como se eu fosse duas pessoas!" — pensou a triste Alice — "No fim, quase não sobra de mim para ser uma pessoa digna!"

Logo, os olhos dela viram uma pequena caixa de vidro que estava embaixo da mesa. Ela abriu a caixa e encontrou um bolo muito pequeno. As palavras "COMA-ME" estavam escritas de forma bonita com geleia. Alice disse: "Vou comer isso. Se eu crescer, poderei pegar a chave. Se eu encolher, poderá passar por baixo da porta. De qualquer jeito, chegarei ao jardim e não me importo com o que acontecer."

Ela comeu um pedaço pequeno e disse para si mesma, com ansiedade, "Qual caminho?". "Que caminho?", ele segurou a mão dela em cima da cabeça para ver se ela ia crescer ou encolher. Ela se surpreendeu muito ao perceber que ficou do mesmo tamanho. Isso normalmente acontece quando alguém come bolo. Mas Alice estava tão acostumada a esperar coisas diferentes que achou estranho e bobo a vida continuar normal.

Então ela retornou ao trabalho e rapidamente fez o bolo.

CAPÍTULO 2 • A LAGOA DE LÁGRIMAS

"Cada vez mais curioso!", gritou Alice. Ela estava tão surpresa que esqueceu como falar português direito por um momento. "Agora estou me alongando como o maior telescópio do mundo!" Tchau, pés! Quando ela olhou para os pés, parecia que eles estavam muito longe. Ela disse: "Oh, meus pobres pezinhos, quem vai colocar os sapatos e as meias agora, meus queridos? Eu tenho certeza de que não consigo!" Alice pensou que estaria muito longe para se preocupar com eles. Ela achava que eles precisavam se virar como conseguissem. Mas ela também pensou que precisava ser legal com eles. Assim, eles iriam para onde ela quisesse ir. "Deixe eu ver. Eu vou dar a vocês um novo par de botas todos os Natais."

Ela começou a pensar em como iria fazer isso. "Elas precisam ser enviadas pelo correio", pensou. "E vai ser engraçado ver uma pessoa mandando presentes para os próprios pés! Como o endereço vai parecer estranho!"

"Oh meu Deus, que coisa estranha estou dizendo!" — nesse momento, sua cabeça bateu no teto da sala. Ela agora tinha quase três metros de altura. Então, ela pegou a chave dourada e correu para a porta do jardim.

Alice estava em uma situação difícil. Ela só conseguia olhar para o jardim através da porta com um olho, deitada de lado. Mas passar pela porta era algo que ela não conseguia fazer. Então, ela se sentou e começou a chorar de novo.

"Você deveria sentir vergonha de ser assim", falou Alice, "uma menina grande como você" — (ela realmente podia dizer isso) — "ficar chorando desse jeito! "Pare agora!" — mas ela não parou. Ela continuou a chorar muito. As lágrimas formaram uma grande poça ao redor dela, que tinha uns dez centímetros de profundidade e ia até a metade da sala.

Depois de um tempo, ela ouviu alguns passos pequenos de longe. Então, ela limpou os olhos rapidamente para ver o que estava se aproximando. O Coelho Branco estava voltando. Ele estava muito bem vestido. Em uma das mãos, ele segurava um par de luvas brancas. Na outra mão, ele tinha um grande leque. Ele estava trotando rápido e murmurando para si mesmo enquanto andava: "Oh! A Duquesa, a Duquesa! Olá! Como posso ajudar você?". "Será que ela ficará brava por eu fazê-la esperar?" Alice estava muito triste e queria ajuda de qualquer pessoa. Então, quando o Coelho passou perto dela, ela começou a falar devagar: "Por favor, senhor..." O Coelho se assustou, deixou cair as luvas e o leque, e correu para a escuridão bem rápido.

Alice pegou o leque e as luvas. A sala estava bem quente. Ela se abanava enquanto dizia: "Que calor! Hoje está tudo esquisito! E ontem, tudo continuava igual. E se eu fosse trocada à noite? Deixe-me refletir: será que eu era a mesma quando acordei hoje de manhã? Eu acho que consigo lembrar de ter me sentindo um pouco diferente. Se eu não sou a mesma pessoa, a próxima pergunta é: quem sou eu, então?" "Oh, isso é um grande segredo!" E ela começou a pensar em todas as crianças que conhecia e que tinham a mesma idade que ela. Ela queria descobrir se tinha sido trocada por alguma delas.

"Eu sei que não sou Ada", ela falou. "Porque o cabelo dela tem longos cachos e o meu não tem cachos de jeito nenhum. E eu sei que não posso ser Mabel, porque eu aprendi muitas coisas e ela, oh!" Ela conhece bem poucas coisas. Além disso, ela é ela e eu sou eu. Nossa, como isso é misterioso! Eu quero ver se eu lembro de todas as coisas que sabia antes. Deixa eu pensar: quatro vezes cinco é vinte. Quatro vezes seis é vinte e quatro. E quatro vezes sete é vinte e oito. Oh, que pena! Eu nunca vou conseguir chegar a vinte assim! Mas a tabuada não tem importância. Vamos tentar Geografia agora. Londres é a capital da Inglaterra. Paris é a capital da França. Roma é a capital da Itália. Não, tudo está incorreto, eu tenho certeza! Mabel deve ter me mudado! "Eu vou tentar ler um poema..." — disse ela. Ela juntou as mãos no colo, como se estivesse falando de coisas que aprendeu. Então, começou a repetir, mas sua voz soou diferente e esquisita. As palavras não saíram como ela costumava falar.

O pequeno crocodilo
balança sua cauda brilhante
e faz as águas do Nilo se espalharem.
Em cada tom de fogo!
Ele parece estar muito feliz.
como ela mostra suas garras de maneira bonita,
que ganham peixes pequenos
com bocas mostrando um sorriso simpático!

"Eu sei que essas não são as palavras certas", disse a triste Alice, e seus olhos se encheram de lágrimas de novo. Ela continuou, "Eu devo ser a Mabel e vou ter que morar naquela casa pequena, sem muitos brinquedos para brincar e, oh! sempre ter muitas coisas para aprender! Não, já decidi isso; se eu sou a Mabel, vou ficar aqui embaixo!

Não vai funcionar se eles baixarem a cabeça aqui embaixo e falarem 'Volte para cima, querida!'. Eu só preciso olhar para o céu e perguntar: 'Quem sou eu?' Fale isso primeiro e, se eu gostar de ser essa pessoa, eu volto para cima. Se não, eu fico aqui embaixo até me tornar outra pessoa" — "mas, nossa!" — Alice gritou, de repente começando a chorar — "Eu realmente queria que eles colocassem a cabeça aqui embaixo! Estou muito cansada de estar aqui sozinha!"

Quando ela disse isso, olhou para suas mãos e ficou surpresa ao ver que tinha colocado uma das luvas brancas do Coelho enquanto falava. "Como eu fiz isso?" — ela pensou — "Eu devo estar diminuindo de novo". Ela se levantou e foi até a mesa para se medir. Ela viu que, mais ou menos, tinha sessenta centímetros de altura e continuava diminuindo rápido. Ela logo percebeu que a razão para isso era o leque que estava segurando. Então, ela soltou o leque rapidamente para não desaparecer por completo.

"Isso foi por pouco!" — disse Alice, bem assustada com a mudança rápida, mas muito feliz por ainda estar viva — "E agora, para o jardim!", e ela correu rapidamente de volta para a pequena porta, mas, oh não! A porta estava fechada de novo. A chave dourada estava em cima da mesa de vidro, como antes. "E as coisas estão mais difíceis do que nunca", pensou a criança triste. "Eu nunca estive tão pequena assim antes, nunca! Eu digo que isso é muito mal, é verdade!"

Quando ela falou essas palavras, os pés dela escorregaram. Logo depois, splash!, ela ficou com água salgada até o pescoço. Alice pensou que, de alguma forma, ela tinha caído no mar. "Então, eu posso voltar de trem", falou para si mesma. Alice tinha ido à praia uma vez na vida. Ela percebeu que em qualquer lugar da costa da Inglaterra, sempre tem cabines de banho, crianças brincando na areia com pás de madeira e várias casas para alugar. Atrás dessas casas, tem uma estação de trem. Porém, ela logo viu que estava no lugar onde havia chorado muito quando era pequena.

"Eu não queria ter chorado tanto!" — falou Alice, enquanto nadava, tentando encontrar uma maneira de sair daquele lugar — "Devo ser castigada por isso agora, sendo afogada nas minhas próprias lágrimas! Isso vai ser algo esquisito, sem dúvida! Mas hoje tudo está diferente!"

Então, ela ouviu um barulho batendo na lagoa um pouco distante. Ela nadou mais perto para descobrir o que era. No começo, ela achou que poderia ser uma morsa ou um hipopótamo. Mas, logo se lembrou de como ela estava pequena e viu que era apenas um rato que tinha escorregado como ela.

"Eu devo falar com esse rato agora?" — pensou Alice — "Tudo está tão esquisito aqui embaixo, que eu deveria acreditar que é bem possível que ele consiga falar: de qualquer jeito, não custa nada tentar". Ela disse: "Oi Rato, você sabe como sair desta lagoa? Estou muito cansada de nadar aqui, oh Rato!" Alice achou que esse era o jeito certo de conversar com um rato. Ela nunca tinha feito algo assim antes. Mas se lembrou de ter visto no livro de Gramática Latina do seu irmão algo como: "Um rato... de um rato... para um rato... um rato..." Desculpe, não posso ajudar com isso. O Rato a observou de forma curiosa. Ela achou que ele piscou com um dos seus olhinhos pequenos. Porém, ele não falou nada.

"Ele pode não entender inglês", pensou Alice. "Acho que ele é um rato da França, que chegou aqui com Guilherme, o Conquistador." Alice sabia um pouco sobre História, mas não sabia bem há quanto tempo as coisas tinham acontecido. Então ela começou de novo: "Onde está minha gata?" "Aonde está o meu gato?" foi a primeira frase do livro de francês dele. O rato pulou de repente para fora da água e pareceu tremer muito de medo. "Oh, desculpe!" — gritou Alice rápido, com medo de ter machucado os sentimentos do pobre bichinho — "Eu quase me esqueci que você não gosta de gatos".

"Não gostar de gatos!" — gritou o Rato, com uma voz alta e cheia de raiva — "Você ia gostar de gatos se estivesse no meu lugar?"

"Certo, talvez não," disse Alice de maneira calma. "Mas não fique irritado com isso. Mesmo assim, eu gostaria de mostrar a você nossa gata Diná. Eu acho que você ia gostar de gatos se só pudesse vê-los. Ela é um bichinho muito quieto", disse Alice, enquanto nadava devagar na lagoa. "Ela fica ronronando gostoso perto da lareira, limpando as patinhas e lavando o rosto. E ela é tão fofa para cuidar. Também é boa para pegar ratos. Oh, desculpe!", gritou Alice outra vez, porque o Rato estava todo arrepiado. Ela achou que ele estava realmente chateado. "Nós não vamos falar mais dela se você não quiser".

"De jeito nenhum!" — gritou o Rato, que estava tremendo até a ponta do rabo — "Como se eu fosse conversar sobre isso! A nossa família sempre não gostou de gatos. Nós achamos que eles são sujos e desrespeitosos. Não quero ouvir esse nome de novo!"

"Eu não vou!" — disse Alice, com pressa para mudar de assunto — "Você... você gosta... de... cachorros?" O Rato não disse nada, então Alice falou com entusiasmo: "Tem um cachorro muito fofo perto da nossa casa que eu quero mostrar para você! Um pequeno terrier com olhos brilhantes. Ele tem pelos marrons enrolados e bem longos. Ele vai pegar coisas quando você as lança. Ele se acomoda e pede a comida. Tem muitas outras coisas que ele faz, mas não consigo lembrar de todas. O cachorro é de um fazendeiro. Ele fala que o cachorro é muito útil e vale mais de cem libras! Ele fala que o cachorro mata todos os ratos e... oh não!" — gritou Alice com tristeza — "Acho que o ofendemos de novo!". O Rato estava nadando para longe dela o mais que conseguia. Ele fazia muito barulho na lagoa enquanto nadava.

Então ela o chamou com uma voz suave: "Rato amado! Volte aqui e não vamos mais falar sobre gatos ou cachorros, se você não gosta deles!" — Quando o rato escutou isso, ele virou e nadou devagar até perto dela. O rosto dele estava um pouco claro, e Alice achou que era por causa da raiva." Ele falou com uma voz suave e tremida: "Vamos até a beira da água e eu contarei minha história. Assim você vai entender por que eu não gosto de gatos e cachorros".

Era a hora certa de ir embora, porque a lagoa estava se enchendo com os pássaros e os animais que caíram nela. Tinha um pato, um dodô, um papagaio, uma águia pequena e muitas outras criaturas diferentes. Alice foi na frente e o grupo todo nadou até a praia.

CAPÍTULO 3 • A CORRIDA DA CONVENÇÃO E UMA LONGA HISTÓRIA

Era realmente um grupo com aparência esquisita que chegou à beira: os pássaros com as penas sujas, os animais com o pelo grudado e todos molhados, irritados e desconfortáveis.

A primeira pergunta era, é claro, como eles iriam secar novamente. Eles discutiram isso e, depois de alguns minutos, parecia normal para Alice estar conversando com eles como se os conhecesse desde sempre. Ela realmente teve uma conversa muito longa com o Papagaio. No final, ele ficou de mal humor e só falava: "Eu sou mais velho que você, eu sei mais". Alice não aceitou isso sem saber quantos anos ele tinha. O Papagaio não quis contar sua idade, então não tinha mais nada a ser falado.

Então o Rato, que parecia ter poder entre eles, gritou: "Todos vocês, sentem-se e me ouçam! Eu vou deixar vocês bem secos!" Todos se sentaram juntos, fazendo um grande círculo e deixando o Rato no centro. Alice olhou para ele com muita expectativa. Ela acreditava que pegaria um forte resfriado se não secasse logo.

"Hum!" — falou o Rato com um jeito sério — "Todo mundo está pronto? Isso é o mais seco que eu conheço. Por favor, fiquem em silêncio ao redor! Guilherme, o Conquistador, que tinha apoio do Papa, logo se entregou aos ingleses. Eles queriam líderes e tinham se acostumado a tomar e conquistar terras recentemente. Edwin e Morcar, os senhores de Mércia e Nortúmbria..."

"Argh!" — falou o Papagaio, sentindo um calafrio.

"Desculpe-me!" — disse o Rato, fazendo um gesto com a testa, mas de forma educada — "Você disse alguma coisa?"

"Eu não!" — falou o Papagaio rápido.

"Eu pensei que tinha", disse o Rato. "Continuando: Edwin e Morcar, os condes de Mércia e Nortúmbria, disseram que apoiavam ele. Até Stigand, o arcebispo de Canterbury, que ama seu país, achou isso uma boa ideia..."

"Você achou o quê?" — perguntou o Pato.

"Você achou isso", respondeu o Rato, bem irritado. "Você com certeza sabe o que 'isso' quer dizer."

"Eu entendo perfeitamente o que 'isto' quer dizer quando vejo algo", falou o Pato. "Normalmente é um sapo ou um verme. A pergunta é: O que o arcebispo pensou?"

O Rato não percebeu a pergunta, mas continuou rapidamente: "... achou que era uma boa ideia ir com Edgar Atheling encontrar Guilherme e oferecer a coroa a ele. No começo, Guilherme se comportou de maneira calma. Mas a falta de respeito dos Normandos... Como você está agora, minha querida?" — ele continuou, olhando para Alice enquanto falava.

"Mais molhada do que nunca", falou Alice de forma triste. "Isso não parece me deixar seca de jeito nenhum."

"Então", falou o Dodô de forma séria, se levantando, "eu sugiro que a reunião pare agora para que possamos encontrar soluções mais eficazes..."

"Fale em inglês!" — falou a Águiazinha — "Eu não entendo nem metade dessas palavras difíceis e, se você quer saber, acho que você também não sabe!" — e a Águiazinha baixou a cabeça para esconder um sorriso: alguns dos outros pássaros estavam rindo baixinho.

"O que eu queria dizer", falou o Dodô de forma ofendida, "é que a melhor ideia para nós secarmos seria uma Corrida da Convenção".

Alice perguntou: "O que é uma Corrida da Convenção?" Ela não estava realmente curiosa, mas o Dodô parou como se pensasse que alguém desejava conversar. Ninguém mais parecia querer falar.

"Bem", falou o Dodô, "a melhor forma de explicar isso é mostrando." (E, como você pode querer tentar isso em algum dia frio de inverno, eu vou te mostrar.)

Ele primeiro fez um desenho de uma pista de corrida, que tinha formato de círculo. Ele disse que "a forma exata não é importante". Depois, ele colocou todo o grupo em diferentes lugares ao longo da pista. Eles não contavam "um, dois, três e já". Eles começavam a correr quando queriam e paravam quando queriam. Por isso, não era fácil saber quando a corrida ia terminar. Mas, quando eles correram por uma hora ou mais e estavam secos de novo, o Dodô gritou de repente: "A corrida acabou!". Todos se juntaram a ele, ofegantes e perguntando: "Mas quem ganhou?".

O Dodô não conseguiu responder a essa pergunta rapidamente. Ele sentou por um longo tempo com um dedo na testa. Esse é o jeito que muitas pessoas desenham o Shakespeare. Enquanto isso, os outros ficaram esperando em silêncio. O Dodô falou: "Todos venceram, e todos têm que receber prêmios".

"Mas quem vai dar os prêmios?" — várias vozes perguntaram. "Bom, ela, é claro", respondeu o Dodô, apontando para a Alice com o dedo. O grupo todo rapidamente se reuniu ao redor dela, gritando de maneira confusa: “Prêmios! Prêmios!”

Alice não sabia o que fazer. Desesperada, ela colocou a mão no bolso e tirou uma caixa de bombons. Por sorte, a caixa não tinha nem um pouco de água salgada. Ela entregou os bombons como prêmios. Era um para cada um. “Mas ela também precisa ganhar um prêmio, entende”, falou o Rato.

“Claro”, respondeu o Dodô com muita seriedade. “O que mais você tem no bolso?”, ele perguntou, olhando para Alice.

“Só um dedal”, disse Alice com tristeza.

“Traga ele para cá”, disse o Dodô.

Todos eles se juntaram ao redor dela novamente enquanto o Dodô entregava o dedal com muita seriedade. Ele disse: “Por favor, aceite este bonito dedal”. Quando ele terminou de falar, todos bateram palmas.

Alice achou tudo muito estranho, mas as pessoas estavam tão sérias que ela não se atreveu a rir. Como não conseguiu pensar em nada para falar, apenas fez uma baixa inclinação e pegou o dedal de maneira muito séria. O próximo passo foi comer os bombons. Isso fez barulho e bagunça. Os pássaros grandes diziam que não conseguiam sentir o gosto dos seus bombons. Os pássaros pequenos se engasgavam e precisavam de tapinhas nas costas. Mas, finalmente terminou. Eles se sentaram em círculo de novo e pediram para o Rato contar mais alguma coisa.

“Você disse que ia me contar a sua história, lembra?”, falou Alice, “e por que você não gosta de...” “G e C”, ela falou baixinho, com medo de que ele ficasse chateado de novo.

"Minha história é longa e triste!" — disse o Rato, virando-se para Alice e soltando um suspiro.

"É realmente longa", falou Alice, olhando com admiração para o rabo do Rato. "Mas por que você diz que ele é triste?". Ela ficou pensando nisso enquanto o Rato falava. A ideia que ela tinha da história era mais ou menos assim:

Fúria falou para um rato que achou na casa: "Vamos juntos ao tribunal. Eu vou te processar... "Venha. Eu não vou aceitar um 'não'. Precisamos ter uma decisão." "Hoje de manhã, eu não tenho nada para fazer", falou o rato para o cachorro. "Esse julgamento, senhor, sem jurados ou juiz, seria um desperdício do nosso tempo." "Eu vou ser o juiz e o júri", disse Fúria, muito feliz. "Eu vou julgar tudo e punir você com a morte."

"Você não está olhando!" — disse o Rato para Alice de forma agressiva — "Em que você estava pensando?"

"Desculpe", disse Alice de forma bem simples, "você estava na linha cinco, não estava?"

"Não estava!" — gritou o Rato, com pressa e muito bravo.

"Um nó!" — falou Alice, que sempre queria ajudar. Ela olhou ao seu redor com atenção. "Oh, deixe-me ajudar você a desfazer isso!"

"Eu não vou fazer nada assim", disse o Rato, levantando-se e indo embora. "Você me ofende falando tantas besteiras!"

"Eu não queria fazer isso!" — pediu a triste Alice — "Mas você se aborrece muito rápido, entende?" O Rato apenas fez um som de grunhido como resposta. Alice chamou: "Por favor, volte e termine sua história!" E todos os outros gritaram juntos: "Sim, por favor, volte!" Mas o Rato apenas mexeu a cabeça com impaciência e começou a caminhar um pouco mais rápido.

"Que tristeza que ele não quis ficar!" — suspirou o Papagaio quando já não podia ser visto. Então, uma velha caranguejo usou a chance para falar para a filha: "Ah, minha querida! Que isso te ensine a nunca perder a calma! "Cale a boca, mãe!" — falou a jovem caranguejo, um pouco nervosa — "Você consegue irritar uma ostra!"

"Eu gostaria que minha Diná estivesse aqui. Eu sei que ela traria você de volta!" — falou Alice em voz alta, sem endereço certo.

"E quem é Diná, se você me deixa perguntar?" — falou o Papagaio.

Alice disse com muita alegria, porque ela sempre estava disposta a falar sobre seu bichinho de estimação: "Diná é minha gata. Ela é muito boa em pegar ratos! Ah, como eu gostaria que você a visse por trás dos pássaros! Ela vai comer um passarinho assim que ela olhar para ele!"

Esse discurso trouxe uma sensação interessante para o grupo. Alguns pássaros saíram apressados juntos. Uma velha pega-rabo, que é um tipo de ave da família dos corvos, começou a se enrolar com muito cuidado. Ela disse: "Eu realmente preciso voltar para casa. O orvalho não é bom para a minha garganta!" Uma canária chamou seus filhotes com uma voz tremida: "Venham, meus amores! "Já é hora de vocês irem dormir!" Dessa forma, por vários motivos, eles foram embora. Logo Alice ficou sozinha.

"Como eu queria não ter falado da Diná!" — ela falou sozinha com tristeza — "Ninguém parece gostar dela aqui embaixo, e eu tenho certeza de que ela é a melhor gata do mundo! Oh, minha querida Diná! Eu me pergunto se eu vou vê-la de novo!" E aqui a pobre Alice começou a chorar mais uma vez, porque se sentia muito sozinha e triste. Um tempo depois, ela ouviu novamente um som de passos à distância. Ela olhou com atenção, esperando que o Rato tivesse mudado de ideia e voltasse para contar sua história.

CAPÍTULO 4 • O COELHO MANDA O PEQUENO BILL

Era o Coelho Branco. Ele voltava devagar, olhando ao redor com preocupação, como se tivesse perdido algo. Ela o ouviu falando baixo para si: "A Duquesa! A Duquesa! Oh, minhas queridas patas! Oh, meu cabelo e meus bigodes! Ela vai me fazer executar. Isso é tão certo quanto furões são furões! Em que lugar eu posso tê-los deixado cair?" Alice percebeu rapidamente que ele estava procurando pelo leque e pelo par de luvas de pelica. Como era uma boa pessoa, ela começou a procurar ao redor por eles. Mas não conseguiu encontrá-los em lugar nenhum. Tudo parecia diferente desde que ela mergulhou na lagoa. A grande sala, com a mesa de vidro e a portinha, havia desaparecido completamente.

O Coelho viu Alice enquanto ela olhava ao redor e gritou para ela com raiva: "Então, Mary Ann, o que você está fazendo aqui? Vá agora para casa. Traga um par de luvas e um leque para mim! Faça rápido, agora!" Alice ficou tão assustada que ela correu logo para o lugar que ele mostrou, sem tentar contar qual era o erro que ele fez.

"Ele pensou que eu sou a pessoa que arruma as coisas", ela falou para si enquanto corria. "Vai ser uma surpresa para ele quando souber quem eu realmente sou! Mas seria melhor dar a ela seu leque e suas luvas, se eu conseguir encontrá-los." Quando ela falou isso, chegou a uma casinha bonita. Na porta, havia uma placa de latão brilhante com o nome "C. O nome 'Branco' está escrito nela. Ela entrou sem bater e subiu rápido para o andar de cima. Ela teve muito cuidado para não ver a verdadeira Mary Ann. Assim, ela não seria mandada embora da casa antes de achar o leque e as luvas.

"Que coisa estranha", pensou Alice, "receber ordens de um coelho!" Eu acho que a Diná vai me dar ordens agora! E ela começou a pensar no que poderia acontecer: "Senhorita Alice! Venha aqui agora e se prepare para a sua caminhada! Ame em apenas um minuto!" "Mas eu preciso ficar de olho nesse buraco de rato até a Diná voltar. Assim, posso ver se o rato saiu." "Eu só penso" Alice disse, "que eles não deixariam a Diná ficar em casa se ela começasse a comandar as pessoas desse jeito!"

Ela agora tinha entrado em um quarto bem arrumado. Lá tinha uma mesa perto da janela. Em cima da mesa, como ela já tinha imaginado, estava um leque e alguns pares de luvas brancas de pelica. Ela pegou o leque e um par de luvas. Estava quase saindo do quarto quando viu uma garrafinha perto do espelho. Desta vez, não tinha um rótulo com as palavras "BEBA-ME", mas mesmo assim ela desenrolou e levou a bebida até a boca. "Eu sei que algo legal vai acontecer", ela falou para si mesma. "Sempre que eu como ou bebo algo, eu vou descobrir o que esta garrafa faz. Eu espero muito que ela me ajude a crescer. Estou muito cansada de ser alguém tão pequena!"

Ela fez isso de verdade, e mais rápido do que pensava. Antes de beber metade da garrafa, ela sentiu a cabeça batendo no teto. Então, teve que se agachar para não machucar o pescoço. Ela deixou a garrafa cair rápido e falou para si: "Chega, espero não crescer mais. Assim como estou, não consigo passar pela porta. Eu queria muito não ter bebido tanto!"

Ai! Era muito tarde para pedir isso! Ela seguiu crescendo, e crescendo, até ter que se ajoelhar no chão. No instante seguinte, não havia espaço suficiente para isso. Então, ela tentou deitar com um cotovelo encostado na porta e o outro braço em volta da cabeça dela. Mas ela seguiu crescendo. Como última tentativa, ela colocou um braço fora da janela e um pé pela chaminé. Então, disse para si mesma: "Agora eu não posso fazer mais nada. Que aconteça o que tiver que acontecer. O que vai acontecer comigo?"

Por sorte para Alice, a garrafinha mágica já tinha funcionado e ela não cresceu mais. Mesmo assim, ela estava muito desconfortável. Como não parecia que ela poderia sair do quarto novamente, é normal que ela ficasse triste.

"A casa era muito mais legal", pensou a pobre Alice. "Quando não era preciso crescer e encolher o tempo todo, e não tinha que obedecer a ratos e coelhos. Eu quase não queria ter entrado naquela toca de coelho. É bem curioso, você sabe, esse jeito de viver! Eu realmente penso sobre o que pode ter acontecido comigo! Quando eu li histórias de contos de fada, eu pensava que aquelas coisas nunca acontecessem. E agora, estou vivendo uma delas! Tem que ter um livro que fale sobre mim. Isso é verdade! E quando eu crescer, eu vou escrever um. Mas eu já sou grande agora", ela disse com tristeza. "Pelo menos aqui não tem mais lugar para crescer."

"Mas então", pensou Alice, "eu nunca vou ficar mais velha do que sou agora? Isso seria um alívio de um jeito. Seria bom nunca ficar velho. Mas, por outro lado, sempre teria coisas novas para aprender. Ah, eu não quero isso!"

"Oh, sua boba Alice!" — ela falou para si mesma — "Como você pode aprender coisas aqui? Olha, quase não tem espaço para você, e não tem lugar para nenhum livro escolar!"

Ela então continuou, falando primeiro sobre um lado e depois sobre o outro, e conversando bem sobre isso. Mas depois de alguns minutos, ela ouviu uma voz do lado de fora e parou para escutar.

"Mary Ann! Mary Ann!" — falou a voz — "Me traga minhas luvas agora!" Então, ouviu-se um som de pés subindo a escada. Alice tinha conhecimento de que ela era o Coelho, que veio procurar ela, e ela ficou tão assustada que até fez a casa tremer. Ela se esqueceu que agora era quase mil vezes maior que o Coelho e que não tinha nenhum motivo para ter medo dele.

Logo o Coelho subiu até a porta e tentou abrir. Mas, como a porta abria para dentro e o ombro de Alice estava bem pressionado contra ela, essa tentativa não deu certo. Alice ouviu ele falar para si mesmo: "Então eu vou dar a volta e entrar pela janela".

"Eu não vou fazer isso", pensou Alice. Depois de esperar até achar que podia ouvir o Coelho bem abaixo da janela, ela de repente estendeu a mão para fora e tentou pegá-lo no ar. Ela não pegou nada, mas ouviu um grito alto e um barulho de algo caindo. Depois, ouviu o barulho de vidro quebrando. Com isso, ela achou que era bem provável que ele tivesse caído em uma pequena estufa ou em algo parecido.

Depois, ouviu-se uma voz brava. Era o Coelho: "Pat! Em que lugar você está?" E então, ela escutou uma voz que nunca tinha ouvido antes: "Com certeza estou aqui agora! Cavando por maçãs, Senhor!"

"Eu estou cavando por maçãs, com certeza!" — disse o Coelho com raiva — "Olhe aqui! "Venha e me ajude a escapar daqui!" (Sons de muitos vidros quebrando.)

"Agora me fale, Pat, o que é aquilo na janela?"

"Sim, é um braço, Sua Excelência!" (Ele falou "braçum".)

"Um braço, seu bobo! Quem já viu um daquele tamanho? Olha, ele preenche toda a janela!"

"É verdade que ocupa, Vossa Excelência , mas é um braço mesmo assim."

"Então, ele não tinha que estar lá. Vá e tire-o!"

Depois disso, ficou um silêncio grande. Alice só escutava sussurros de vez em quando. Alguém dizia: "Com certeza, eu não gosto disso, senhor, nem um pouquinho!". "Faça o que eu estou falando, seu medroso!" Então, ela estendeu a mão de novo. Ela tentou pegar algo no ar mais uma vez.

Dessa vez, aconteceram dois gritos e também se ouviu vidro quebrando. "Quantas janelinhas existem!" pensou Alice. "O que eles vão fazer agora? Sobre me puxar pela janela, eu apenas desejava que eles conseguissem! Eu só sei que não quero mais estar aqui!"

Ela aguardou um tempo sem ouvir nada. Por fim, apareceu o barulho de carrinhos de mão. Também escutou muitas vozes conversando ao mesmo tempo. Alice entendeu as perguntas: "Onde está a outra escada?" — "Bom, eu só trouxe uma; Bill tem a outra" — "Bill!

Traga ela aqui, menino!" — "Aqui, coloquem elas neste lugar" — "Não, primeiro amarrem elas" — "Elas ainda estão bem longe" — "Oh! "Elas vão ajudar bastante. Não exija demais." — "Aqui, Bill! Segure esta corda" — "O teto aguentará?" — "Cuidado com aquela telha que está solta" — "Oh, ela vai cair!" "Preste atenção com as cabeças lá embaixo!" (um barulho forte) — "Mas quem fez isso?" — "Foi o Bill, eu acho" — "Quem vai descer pela chaminé?" — "Não, eu não vou!". "Você vai!" — "Isso não vai acontecer, de jeito nenhum!" — "Bill é quem desce" — "Aqui, Bill! O professor fala que você é a pessoa que precisa descer pela chaminé!"

"Então Bill precisa descer pela chaminé, não é?" — disse Alice para si mesma. — "Bom, parece que todos colocam a culpa nele! Eu não gostaria de estar onde Bill está. A lareira parece pequena, com certeza. Mas eu acho que posso dar um chute!"

Ela colocou o pé na chaminé o mais fundo que conseguiu. Depois, esperou até ouvir um pequeno animal (ela não sabia que tipo de animal era) arranhando e se movendo dentro da chaminé perto dela. Então, pensando com ela mesma, "Este é o Bill!", ela deu um chute forte e ficou aguardando para ver o que iria acontecer a seguir.

A primeira coisa que ela escutou foi um grupo todo dizendo "Lá vem o Bill!" O Coelho gritou: "Peguem-no, vocês que estão perto da cerca!" Ficou em silêncio, e depois veio uma mistura de vozes: "Segurem a cabeça dele para cima — Vamos colocar conhaque agora — Não deixem ele sufocar — Como você está, amigo? O que ocorreu com você? Diga tudo sobre isso!"

Finalmente, uma voz fraca e aguda apareceu. Alice pensou: "É a voz do Bill". A voz disse: "Eu não sei muito bem. Já chega de bebida, obrigado. Estou me sentindo melhor agora, mas ainda estou confuso para explicar. Tudo que sei é que algo chegou até mim como um brinquedo que pula quando a caixa abre, e eu estou subindo como um foguete!"

"Você realmente foi, velho amigo!" — disseram os outros.

"Precisamos queimar a casa!" — disse o Coelho; e Alice gritou o mais alto que conseguiu: "Se você fizer isso, eu vou deixar a Diná com você!"

Logo, tudo ficou em silêncio. Alice pensou sozinha: "O que eles vão fazer agora?" Se eles fossem sensatos, eles tirariam o teto. Depois de um ou dois minutos, eles começaram a se mexer novamente. Alice ouviu o Coelho falar: "Uma carga da carrinho vai ser suficiente para começar".

"Uma carga do quê?" pensou Alice. Mas ela não ficou pensando por muito tempo. No próximo momento, uma chuva de pedrinhas entrou pela janela e algumas delas bateram em seu rosto. "Vou acabar com isso", ela pensou. Depois, gritou, "É melhor vocês não fazerem isso de novo!" — e caiu um silêncio total.

Alice ficou um pouco surpresa ao ver que as pedras estavam se tornando bolinhos quando batiam no chão. Então, ela teve uma ideia muito boa. "Se eu comer um bolo desses", ela pensou, "com certeza vai mudar meu tamanho. Como ele não pode me deixar maior, deve me fazer menor, eu acho".

Ela comeu um dos bolos e ficou maravilhada ao perceber que começou a ficar menor na hora. Quando ela ficou pequena o bastante para passar pela porta, saiu correndo de casa. Ela viu muitos pequenos animais e pássaros esperando do lado de fora. O pequeno Lagarto, Bill, estava no meio. Dois porquinhos-da-índia o seguravam e lhe davam algo de uma garrafa. Todos correram em direção a Alice quando ela apareceu. Mas ela fugiu o mais rápido que conseguiu. Em pouco tempo, ela encontrou um lugar seguro em um bosque bem fechado.

"A primeira coisa que eu preciso fazer", falou Alice para ela mesma, enquanto caminhava pelo bosque, "é crescer de novo até o tamanho certo; e a segunda coisa é encontrar o caminho para aquele lindo jardim. Eu penso que este vai ser o melhor plano."

Parecia um plano muito bom, sem dúvida, bem inteligente e bem organizado. O único problema era que ela não sabia como começar. Enquanto ela olhava com ansiedade entre as árvores, um latido pequeno e agudo em cima dela a fez olhar para cima rapidamente.

Um cachorro grande estava olhando para você. Seus olhos eram grandes e redondos. Ele estava tentando tocar você com a pata, mas fazia isso devagar. "Coitadinho!" — disse Alice, com uma voz meiga. Ela tentou assobiar para ele. Mas estava muito assustada pensando que ele pudesse estar com fome. Ela achava que, se isso acontecesse, ele poderia comê-la, mesmo com todo o carinho que estava dando.

Sem perceber muito bem o que estava fazendo, ela pegou um pequeno pedaço de graveto e ofereceu para o cachorrinho. Então, o cachorrinho pulou no ar com todas as patas, fez um som de felicidade e se jogou em direção ao graveto, como se estivesse fazendo um ataque de brincadeira.

Alice viu um cachorrinho que estava brincando com um graveto. O cachorrinho tentou pegar o graveto correndo e quase bateu nela. Para escapar, Alice se escondeu atrás de um arbusto. Quando apareceu do outro lado, o cachorrinho correu de novo atrás do graveto, tropeçando. Alice achou que isso era parecido com brincar de cavalo e ficou com medo de ser esmagada. Então, ela correu novamente ao redor do arbusto. O cachorrinho atacou o graveto várias vezes, correndo um pouco para frente e muito para trás, enquanto latia. Por fim, ele parou longe, cansado, com a língua de fora e os olhos quase fechados.

Alice achou que era uma boa chance de escapar. Por isso, ela saiu na hora e correu até ficar bem cansada e sem conseguir respirar. O latido do cachorro ficou bem fraco e distante.

"E, mesmo assim, que cachorrinho lindo ele era!" — falou Alice, enquanto se encostava em uma flor para descansar e se abanava com uma das suas folhas. "Eu teria gostado muito de ensinar a ele alguns truques, se — se eu tivesse o tamanho certo para isso! Nossa, eu quase não me lembrei que eu preciso me tornar adulto novamente! Deixe eu ver como isso pode ser organizado. Acho que devo comer ou beber algo. Mas a dúvida é: o que eu escolho?"

A pergunta principal com certeza era: "o que é isso?" Alice olhou ao redor para as flores e as folhas da grama. Ela não encontrou nada que parecia ser a comida ou a bebida certa para aquele momento. Existia um cogumelo muito grande perto dela, quase do tamanho dela.

Quando ela olhou embaixo, dos lados e atrás do cogumelo, pensou que poderia se esticar para ver o que tinha em cima dele.

Ela se esticou bem para olhar por cima da borda do cogumelo. Seus olhos viram logo uma lagarta grande. A lagarta estava sentada em cima, com os braços cruzados. Ela fumava calmamente um narguilé, que é um tipo de cachimbo de água. A lagarta não se importava com ela nem com mais nada.

CAPÍTULO 5 • DICAS DE UMA LAGARTA

A Lagarta e Alice se olharam em silêncio por um tempo. Depois, a Lagarta tirou o narguilé da boca. Ela falou com uma voz lenta e sonolenta.

"Quem é você?" — perguntou a Lagarta.

Esse não era um bom começo para uma conversa. Alice falou com um pouco de vergonha: "Eu — eu quase não sei, senhor, agora — pelo menos eu lembro de quem eu era quando acordei hoje de manhã, mas acho que mudei várias vezes desde então."

"O que você quer dizer com isso?" — perguntou a Lagarta com firmeza — "Diga o que pensa!"

"Eu tenho medo de que não consigo me explicar, senhor", disse Alice, "porque eu não sou eu mesma, entende?"

"Eu não consigo ver", disse a Lagarta.

"Eu tenho medo de não conseguir explicar melhor", disse Alice de forma educada. "Porque eu mesma não consigo entender isso. E ter tantos tamanhos diferentes em um dia é muito confuso."

"Não é", falou a Lagarta.

"Olha, talvez você não pense isso agora", falou Alice, "mas quando você tiver que se transformar em uma crisálida — você vai ter que fazer isso um dia, sabia? — e depois em uma borboleta, eu acho que você vai se sentir um pouco estranha, não vai?"

"De jeito nenhum", falou a Lagarta.

"Bom, talvez você sinta de maneira diferente", disse Alice. "Tudo que eu sei é que seria muito esquisito para mim."

"Você!" — falou a Lagarta com desdém — "Quem é você?"

O que fez vocês voltarem a falar do começo da conversa? Alice ficou um pouco brava com a Lagarta por causa dos comentários que ela fez. Então, parou e falou, com expressão séria: "Bom, eu acho que você deveria me dizer primeiro quem é você".

"Por que isso?" — perguntou a Lagarta.

Alice se deparou com outra pergunta curiosa. Ela não conseguiu pensar em uma resposta boa. A Lagarta parecia estar de mau humor. Então, Alice decidiu que era melhor ir embora.

"Venha cá!" — a Lagarta gritou — "Eu tenho uma coisa importante para contar!"

Isso parecia bom, sem dúvida. Alice se virou e voltou.

"Fique tranquilo", falou a Lagarta.

"É só isso?" — falou Alice, tentando controlar sua raiva o máximo que conseguia.

"Não", falou a Lagarta.

Alice pensou que podia esperar. Ela não tinha mais nada para fazer. Quem sabe a pessoa pudesse contar algo interessante para ela ouvir. Ela ficou alguns minutos fumando em silêncio. Depois, ela descruzou os braços, tirou o narguilé da boca e falou: "Então você acredita que está diferente, certo?"

"Eu sinto muito, senhor", disse Alice. "Eu não lembro das coisas como antes. Além disso, eu não fico do mesmo tamanho por dez minutos seguidos!"

"Você não consegue lembrar de quê?" — disse a Lagarta.

"Eu tentei recitar o poema 'Como é ocupada a pequena abelha', mas tudo saiu diferente!" — Alice respondeu de forma triste.

"Fale aquele outro poema, sobre o velho Pai William", disse a Lagarta.

Alice juntou as mãos e começou a falar.

"Você está ficando velho, Pai William", falou o jovem.

"E seu cabelo ficou bem branco.

"E mesmo que fique sempre pensando nisso, você acha que, na sua idade, é certo fazer bananeira?

"Quando eu era jovem", Pai William disse ao seu filho,

"eu tinha medo de que pudesse ferir meu cérebro;

Mas agora que eu tenho certeza de que não tenho nenhum, eu farei de novo e de novo.

"Você está velho", falou o jovem. "Como eu disse antes,

você está ficando mais gordo de um jeito estranho."

Mas você fez um salto mortal para trás na porta.

Por que você fez isso?

"Quando eu era jovem", disse o sábio, enquanto mexia em seus cabelos grisalhos,

"Eu mantive todos os meus braços e pernas bem flexíveis usando esta pomada.

Cada caixa custa um xelim. Posso vender um par para você?"

"Você já é velho", falou o jovem. "Suas mandíbulas estão muito fracas

para comer algo mais duro que uma gordurinha."

"Mas você comeu o ganso, incluindo os ossos e o bico –
como você faz isso?"
"Quando eu era jovem," disse o pai,
"Li as leis e conversei sobre cada situação com minha esposa.
A força que isso trouxe para minha boca
ficou comigo pelo resto da vida."
"Você está velho", disse o rapaz.
"Ninguém acreditaria que seus olhos estão tão claros como sempre."
Mas você conseguiu equilibrar uma enguia na ponta do seu nariz.
O que te deixou tão inteligente?"
"Eu respondi três perguntas, e isso é o bastante", disse o pai.
"Não seja convencido!" Você acredita?
O que posso ouvir o dia todo são essas coisas.
"Saia, ou eu vou te chutar escada abaixo!"

"Isso não está correto", falou a Lagarta.

"Não tenho certeza, eu tenho medo", disse Alice, com vergonha. "Algumas das palavras mudaram."

"Está errado do começo ao fim", falou a Lagarta com firmeza. Depois, ficou tudo em silêncio por alguns minutos.

A Lagarta foi a primeira a conversar.

"Qual é o tamanho que você deseja ser?" — ela fez a pergunta.

"Ah, eu não ligo muito para o tamanho", respondeu Alice com pressa. "Só não é legal mudar tão rápido, entende?"

"Eu não sei", falou a Lagarta.

Alice não falou nada. Nunca tinha sido tão contrariada antes e achou que estava perdendo a paciência.

"Agora você está feliz?" — perguntou a Lagarta.

"Senhor, eu queria ser um pouco maior, se você não se incomodasse", disse Alice. "Sete centímetros é um tamanho muito triste para se ter."

"É realmente uma altura muito boa!" — disse a Lagarta com raiva, levantando-se enquanto falava. Ela tinha exatamente sete centímetros de altura.

"Mas eu não estou familiarizada com ela!", disse a pobre Alice com tristeza. Ela pensou com ela mesma: "Eu gostaria que os animais não se sentissem ofendidos tão rápido!"

"Você vai se habituar a ela com o tempo", disse a Lagarta. Ela colocou o narguilé na boca e começou a fumar novamente.

Dessa vez, Alice esperou com calma até decidir falar de novo. Em um ou dois minutos, a Lagarta tirou o narguilé da boca. Ela bocejou uma ou duas vezes e se sacudiu. Ela saiu do cogumelo e caminhou para a grama, dizendo enquanto andava: "Um lado faz você crescer e o outro faz você encolher".

"De que lado estamos falando?" "O que seria o outro lado?" — pensou Alice para si mesma.

"Sobre o cogumelo", falou a Lagarta, como se ela tivesse perguntado em voz alta. Depois disso, ela desapareceu.

Alice olhou com muito cuidado para o cogumelo por um minuto. Ela tentou descobrir quais eram os dois lados dele. Como o cogumelo era bem redondo, ela achou que isso era uma pergunta bem difícil. Ela estendeu os braços ao redor dele o mais longe que conseguiu. Depois, quebrou um pedaço da borda com cada mão.

"E agora, como saber qual é qual?" — ela falou para si mesma e mordeu um pouco da mão direita para sentir o efeito... Depois, ela sentiu um vento forte debaixo do queixo. Ela tinha se inclinado muito e bateu o queixo nos próprios pés!

Ela ficou muito assustada com essa mudança rápida. Mas sentiu que não podia perder tempo, porque estava encolhendo rápido. Então, decidiu comer um pouco do outro pedaço. O queixo dela estava tão apertado contra os pés que quase não dava para abrir a boca. Mas ela conseguiu e engoliu um pedaço da mão esquerda.

"Vamos lá, minha cabeça está leve agora!" — falou Alice com alegria. Mas, logo depois, ela ficou preocupada. Ela percebeu que não conseguia ver seus ombros. Quando olhava para baixo, só via um longo pescoço. Esse pescoço parecia subir como uma vara acima de um mar de folhas verdes que estava muito abaixo dela.

"O que é toda aquela coisa verde?" — perguntou Alice. "E para onde foram os meus ombros? Oh, minhas mãos, como é que eu não consigo enxergá-las?" Ela estava mexendo em tudo enquanto falava, mas nada acontecia. Só teve um pequeno movimento nas folhas verdes que estavam longe.

Como ela achava que não podia levantar as mãos até a cabeça, tentou baixar a cabeça até elas. Ela ficou muito feliz ao perceber que seu pescoço conseguia se mover facilmente para qualquer lado, como uma cobra. Ela tinha acabado de conseguir fazê-lo seguir um elegante caminho em ziguezague. Ela ia colocá-lo entre as folhas, que pensava ser apenas o topo das árvores onde tinha andado. De repente, um assovio alto a fez dar um passo atrás rapidamente. Uma pomba grande voou direto para o seu rosto e estava batendo nela com as asas.

"Serpente!" — a Pomba gritou.

"Eu não sou uma cobra!" — falou Alice com raiva — "Me deixe tranquila!"

"Serpente, eu falo de novo!" — repetiu a Pomba, mas com menos animação, e disse com um pequeno choro: "Eu fiz de tudo, e nada parece agradar a elas!"

Alice disse que não sabe nada do que você está dizendo.

"Eu tentei nas raízes das árvores, tentei nas beiras dos rios, tentei nas cercas de plantas", a Pomba continuou, sem prestar atenção nela; "mas essas cobras! Nada as deixa felizes!"

Alice estava cada vez mais curiosa. Porém, ela achou que não valia a pena falar nada até que a Pomba terminasse.

"Como se não fosse difícil chocar os ovos", disse a Pomba; "mas eu preciso ter cuidado com cobras o tempo todo! "Eu não consegui dormir estas três semanas!"

"Eu lamento que você tenha se sentido incomodada", disse Alice, que estava começando a entender o que ela queria falar.

"E logo que eu agarrei a árvore mais alta do bosque", continuou a Pomba, gritando bem alto, "e logo que eu estava pensando que iria ficar livre delas de uma vez por todas, elas insistem em descer se contorcendo do céu! Ugh, cobra!"

"Mas eu não sou uma cobra, estou dizendo!" — disse Alice — "Eu sou uma, eu sou uma..."

"O que você é?" — perguntou a Pomba. — "Eu percebo que você está tentando criar algo!

"Eu sou uma garotinha", falou Alice, um pouco incerta, porque ela se lembrava das muitas coisas que mudaram naquele dia.

"Uma história bem provável mesmo!" — falou a Pomba com muito desprezo. "Eu já conheci várias meninas na minha vida, mas nunca vi uma com um pescoço tão comprido como o dela! Desculpe, não posso ajudar com isso. Você é uma cobra, e não adianta tentar dizer que não é. Acho que você vai me dizer que nunca comeu um ovo!"

"Eu comi ovos, com certeza", disse Alice, que era uma menina muito verdadeira, "mas meninas pequenas comem ovos quase tanto quanto cobras, entende?".

"Eu não acredito", falou a Pomba, "mas se elas se alimentam, então elas são um tipo de cobra, isso é tudo que eu consigo dizer".

Essa ideia era tão nova para Alice que ela ficou em silêncio por um ou dois minutos. Isso deu à Pomba a chance de dizer: "Você está procurando ovos, eu sei muito bem disso; e eu não me importo se você é uma garotinha ou uma cobra."

"É muito importante para mim", disse Alice rapidamente, "mas eu não estou procurando ovos agora; e mesmo se estivesse, eu não gostaria dos seus: eu não gosto deles crus".

"Bom, saia de perto, então!" — falou a Pomba de maneira irritada, enquanto voltava para o seu ninho. Alice se abaixou entre as árvores o quanto conseguiu. O pescoço dela ficou preso nos galhos. Ela teve que parar algumas vezes para desatar o que estava preso. Depois de um tempo, ela se lembrou que ainda segurava os pedaços do cogumelo nas mãos. Ela começou a beliscar um pedaço e depois o outro, com muito cuidado. Às vezes ela crescia e às vezes encolhia. Finalmente, ela conseguiu ficar na altura que era antes.

Fazia muito tempo que ela não tinha algo que fosse do tamanho certo. No começo, isso pareceu estranho. Mas ela se acostumou com isso em poucos minutos. Ela começou a falar sozinha, como sempre fazia: "Vamos lá, agora eu tenho metade do meu plano pronto! Essas mudanças são bastante difíceis! Eu nunca sei o que vou ser de um minuto para o outro! Mas eu voltei ao meu tamanho normal. Agora, a próxima coisa é entrar no lindo jardim. Como eu faço isso?"

Quando ela disse isso, apareceu de repente em um lugar aberto. Lá, tinha uma pequena casa que tinha cerca de um metro e vinte de altura. "Quem mora aqui", pensou Alice, "não seria certo eu aparecer para eles desse tamanho: eu os assustaria muito!" Ela começou a beliscar a parte da mão direita de novo. Ela não se atreveu a se aproximar da casa até ficar com vinte e dois centímetros de altura.

CAPÍTULO 6 • PORCO E PIMENTA

Ela ficou olhando a casa por um ou dois minutos. Ela pensou no que fazer depois. De repente, um rapaz uniformizado saiu correndo do mato. Ela viu ele como um empregado porque ele vestia um uniforme. Se fosse só pelo rosto dele, ela teria achado que ele parecia um peixe. Então, ela bateu na porta com os nós dos dedos, fazendo barulho. Ela foi aberta por um outro ajudante de uniforme. Ele tinha um rosto redondo e grandes olhos, parecendo uma rã. Alice percebeu que os dois ajudantes tinham cabelos com um pó que formava ondas na cabeça deles. Ela ficou bem curiosa para entender o que era tudo aquilo. Então, ela arrastou-se uma pequena distância para fora do mato para ouvir melhor.

O Lacaio-Peixe começou a tirar debaixo do braço uma carta enorme, quase do tamanho dele. Ele entregou essa carta ao outro e disse de maneira séria: "É para a Duquesa." Um convite da Rainha para brincar de croquet. O Lacaio-Rã falou de novo, com o mesmo jeito sério, só trocando a ordem das palavras: "Da Rainha. Um convite para a Duquesa para brincar de croquet."

Assim, os dois se cumprimentaram se curvando. Os cabelos deles se misturaram.

Alice riu tanto que precisou correr de volta para o bosque, com medo de que eles a ouvissem. Quando ela olhou novamente, o Lacaio-Peixe tinha sumido. O outro estava sentado no chão perto da porta, olhando sem entender para o céu.

Alice foi com um pouco de vergonha até a porta e bateu.

"É inútil bater", falou o Lacaio. "Isso acontece por duas razões. Primeiro, porque estou do mesmo lado da porta que você. Segundo, porque lá dentro eles estão fazendo muito barulho. Assim, quase ninguém conseguiria ouvir você". Dentro, havia um som muito estranho. Era um choro constante e espirros. De vez em quando, também dava para ouvir um barulho forte, como se um prato ou uma chaleira quebrasse em pedaços.

"Por favor, então", disse Alice, "como eu consigo entrar?"

"O que você está fazendo não faz sentido", o Lacaio ainda não estava olhando para ela, "se nós tivermos a porta entre nós. Se você estivesse aqui dentro, você bateria. Assim, eu poderia abrir a porta para ela sair, entende?" Ele ficou olhando para o céu enquanto falava, e Alice achou isso muito feio. "Mas talvez ele não consiga escapar", ela pensou. "Os olhos dele estão quase totalmente na parte de cima da cabeça." Mas de qualquer jeito, ele conseguia responder perguntas. "Como eu posso entrar?" — ela disse, falando alto.

"Eu preciso ficar sentado aqui", disse o Lacaio, "até amanhã..."

Neste momento, a porta da casa se abriu. Um grande prato saiu escorregando e bateu na cabeça do Lacaio. O prato apenas roçou o nariz dele e quebrou em pedaços contra uma das árvores que ficavam atrás.

"...ou talvez depois de amanhã", o Lacaio disse do mesmo jeito, como se nada tivesse mudado.

"Como eu posso entrar?" — perguntou Alice outra vez, mais alto.

"Você deve entrar?" — perguntou o Lacaio. "Essa é a primeira pergunta, entendeu?"

E era verdade. Porém, Alice não gostava que falassem isso para ela. "É muito ruim", falou baixinho para si mesma, "como todas essas criaturas brigam." "Isso é suficiente para deixar alguém maluco!"

O Lacaio pensou que era uma boa chance para falar de novo. Ele disse: "Eu preciso me sentar aqui, aqui fora, por muitos dias".

"Mas o que eu preciso fazer?" — falou Alice.

"O que você desejar", falou o Lacaio, e começou a tocar assobios.

"Ah, não adianta falar com ele", disse Alice com desespero. "Ele é muito burro!" Ela abriu a porta e entrou.

A porta ia direto para uma cozinha grande. A cozinha estava cheia de fumaça de um lado ao outro. A Duquesa estava sentada em um banquinho com três pernas no meio da cozinha, segurando um bebê. A cozinheira estava se inclinando sobre o fogo e mexendo um caldeirão grande que parecia cheio de sopa.

Alice pensou para si mesma que tinha muita pimenta naquela sopa. Ela tentava não espirrar.

Com certeza, havia muito dela no ambiente. Até a Duquesa espirrava de vez em quando. O bebê espirrava e chorava, sem parar um momento. Na cozinha, só a cozinheira e um gato grande que estava sentado no meio estavam tranquilos. O gato estava com um sorriso grande, de orelha a orelha.

"Desculpe, você pode me explicar", disse Alice, com um pouco de vergonha, porque não sabia se era certo perguntar primeiro, "por que seu gato sorri desse jeito?"

"Esse é um gato de Cheshire", falou a Duquesa, "e é por causa disso. Porco!"

Ela falou a última palavra de forma tão brusca que Alice se assustou um pouco. Mas ela percebeu que a palavra era para o bebê e não para ela. Então, Alice ficou mais calma e continuou:

"Eu não sabia que os gatos de Cheshire sempre estavam sorrindo. Na verdade, eu não sabia que os gatos podiam sorrir."

"Todos eles conseguem", disse a Duquesa; "e a maioria faz isso."

"Eu não conheço nenhum que faça isso", disse Alice de maneira educada. Ela estava muito feliz por participar de uma conversa.

"Você não sabe muito", falou a Duquesa; "e isso é verdade".

Alice não ficou feliz com o jeito que a pessoa falou. Ela achou que seria bom mudar de assunto na conversa. Enquanto ela tentava fazer um, a cozinheira removeu o caldeirão de sopa do fogo. Logo depois, ela começou a jogar tudo que estava perto na Duquesa e no bebê. Primeiro, ela lançou o atiçador. Depois, jogou muitas panelas, talheres e pratos. A Duquesa não se importou com eles, mesmo quando eles a atingiram. O bebê estava chorando muito, então era difícil saber se as batidas o faziam sentir dor ou não.

"Por favor, tome cuidado com o que você está fazendo!" — gritava Alice, pulando de um lado para o outro com muito medo. "Oh, lá se vai o nariz dele" disse uma pessoa, enquanto uma panela muito grande passou perto do bebê e quase o levou com ela.

"Se cada um se importasse mais com sua própria vida", disse a Duquesa com uma voz baixa, "o mundo seria um pouco melhor".

"Isso não seria uma vantagem", disse Alice, que ficou muito contente por ter a chance de mostrar um pouco do que sabe. "Pense no impacto que isso teria durante o dia e a noite! A Terra demora vinte e quatro horas para girar ao redor de si mesma."

"Falando em machados", disse a Duquesa, "cortem a cabeça dele!"

Alice olhou para a cozinheira com um pouco de nervosismo. Ela queria saber se a cozinheira ia aceitar a ideia. Mas a cozinheira estava mexendo a sopa e parecia não ouvir. Então, Alice começou a falar de novo: "Acho que são vinte e quatro horas; ou será que são doze? Desculpe, mas não posso ajudar com isso."

"Ah, não me atrapalhe", disse a Duquesa. "Eu nunca consegui aguentar imagens!" Depois disso, ela começou a embalar seu filho de novo. Ela cantava uma canção de ninar enquanto fazia isso e dava um chacoalhão forte no final de cada parte.

"Fale de forma grosseira com nosso garoto,
e dê-lhe um tapa quando ele espirrar.
Ele só faz isso para incomodar,
porque ele sabe que deixa as pessoas irritadas."

REFRÃO

(Uma cozinheira e um bebê foram juntos): "Wow! Wow! Wow!"

Enquanto a Duquesa cantava a segunda parte da música, ela sacudia o bebê com muita força para cima e para baixo. A pobre criança chorava tanto que Alice quase não conseguia ouvir as palavras.

"Eu falo de forma rígida com meu filho,
dou-lhe tapas quando ele espirra;
para que ele possa realmente gostar
A pimenta pode ser colocada quando você quiser!"

REFRÃO

"Wow! Wow! Wow!"

"Tome! Você pode embalar ele um pouco, se quiser!" — falou a Duquesa para Alice, jogando o bebê para ela enquanto falava. "Eu preciso ir e me preparar para jogar croquet com a Rainha" — e ela saiu correndo da sala. A cozinheira atirou uma frigideira nela enquanto ela estava saindo, mas não a atingiu.

Alice pegou o bebê com um pouco de dificuldade. O bebê parecia uma criatura diferente, com braços e pernas espalhados por todo lado. "Parece uma estrela do mar", pensou Alice. A criança pequena respirava de forma muito barulhenta, como se fosse uma máquina. Quando ela a segurou, ainda se mexia tanto que pelos primeiros minutos, tudo o que ela conseguiu fazer foi segurar ele em seus braços com muita força.

Quando ela descobriu como cuidar dele, que era enroleá-lo com um nó e prender na orelha direita e no pé esquerdo, evitando que ele se soltasse, ela o levou para fora. "Se eu não levar esta criança comigo", pensou Alice, "eles com certeza vão matá-la em um ou dois dias. Não seria um crime deixá-la aqui?" Ela falou as últimas duas palavras bem alto. Então, o menininho fez um barulho em resposta. Ele parou de espirrar nesse momento. "Não faça esse barulho", disse Alice, "esse não é o jeito certo de se comunicar".

O bebê fez um barulho de novo, e Alice olhou com cuidado para o seu rosto para entender o que estava acontecendo. Ela percebeu que o nariz dele era muito achatado, parecendo mais um focinho do que um nariz normal. Os olhos dele também eram muito pequenos para um bebê. No geral, Alice não achou o bebê bonito. "Mas talvez ele estava só chorando", ela pensou. Então, ela olhou nos olhos dele de novo para ver se tinha alguma lágrima.

Não, não tinha lágrimas. "Se você vai virar um porco, meu querido", disse Alice, com seriedade, "eu não poderei fazer mais nada por você." "Faça de conta!" A coisinha triste chorou mais uma vez (ou fez um som estranho, não dava para saber), e eles ficaram em silêncio por um tempo.

Alice estava pensando: "O que eu vou fazer com este bichinho quando chegar em casa?" — quando ele fez um barulho tão forte que ela olhou para baixo assustada. Era a hora de não ter confusões sobre isso. Não era mais nem menos do que um porco. Ela viu que seria muito estranho levar o porco com ela.

Ela colocou o pequeno animal no chão. Ela se sentiu aliviada ao ver que ele estava saindo devagar pela floresta. "Se eu tivesse crescido", pensou ela, "eu teria sido uma criança muito feia. Mas agora, eu acho que sou um bom porco". Ela começou a pensar em outras crianças que conhecia. Ela achou que algumas delas poderiam ser como porcos. Ela dizia para si mesma: "se alguém soubesse como mudá-las..." Nesse momento, ela ficou um pouco assustada. Ela viu o gato de Cheshire sentado em um galho de uma árvore na frente dela.

O Gato sorriu muito quando viu Alice. "Ele parecia ser uma boa pessoa", ela pensou. "Mesmo tendo garras longas e muitos dentes". Então, ela achou que deveria tratá-lo com respeito.

"Gato de Cheshire", ela começou, um pouco sem coragem, porque não tinha certeza se ele gostava do nome. Mas ele só sorriu ainda mais. "Bom, ele está feliz até agora", pensou Alice, e perguntou: "Você pode me dizer, por favor, que caminho eu devo pegar a partir daqui?"

"O que você quer depende muito do lugar que você deseja ir", disse o Gato.

"Eu não me importo muito com onde..." — falou Alice.

"Por isso, não faz diferença que caminho você escolha", disse o Gato.

"...desde quando eu chego em algum lugar", Alice disse para explicar.

"Ah, você com certeza vai conseguir", disse o Gato, "se você andar o bastante".

Alice acreditou que isso não podia ser negado. Então, ela fez outra pergunta: "Que tipo de pessoas mora aqui?"

"Para aquele lado", o Gato falou, movendo a pata direita em um círculo, "mora um Chapeleiro; e para aquele lado", movendo a outra pata, "mora uma Lebre de Março. Vá visitar quem você quiser: os dois são malucos."

"Mas eu não quero ficar perto de pessoas malucas", disse Alice.

"Ah, isso você não consegue mudar", falou o Gato. "Todos nós somos doidos aqui. Eu estou maluco. Você está maluca."

"Como você sabe que eu sou maluca?" — disse Alice.

"Você precisa ser", falou o Gato, "senão não estaria aqui".

Alice não acreditou que isso provasse algo. Mesmo assim, ela continuou: "E como você sabe que é maluco?"

"Para começar", falou o Gato, "um cachorro não é maluco. Você está de acordo?"

Alice respondeu que achava que sim.

“Então, tá bom”, disse o Gato, “você pode ver que um cachorro faz barulho quando está zangado e mexe a cauda quando está feliz. Eu faço barulho quando estou feliz e movo minha cauda quando estou bravo. Então, eu estou maluco.”

“Eu diria que isso é ronronar, não rosnar”, falou Alice.

“Chame do jeito que você quiser”, falou o Gato. “Você vai jogar croquet com a Rainha hoje?”

“Eu quero muito”, respondeu Alice. “Mas ainda não recebi o convite.”

“Você vai me ver lá”, falou o Gato, e sumiu.

Alice não ficou muito surpresa com isso. Ela já estava se acostumando com coisas estranhas que aconteciam. Enquanto ela ainda olhava para o lugar onde ele estava, ele apareceu de repente.

“Falando nisso, o que aconteceu com o bebê?” — disse o Gato — “Eu quase não perguntei”.

“Ele virou um porco”, disse Alice tranquilamente, como se estivesse dizendo que ele tivesse mudado para um jeito mais humano.

“Eu achei que seria”, disse o Gato, e sumiu outra vez.

Alice esperou um tempo, querendo ver ele de novo, mas ele não veio. Depois de um ou dois minutos, ela começou a andar para o lugar onde disseram que a Lebre de Março morava. “Eu já conheço Chapeleiros”, falou ela para si mesma. “A Lebre de Março pode ser mais interessante. E como já é Maio, talvez ela não esteja tão doida. Pelo menos, não tão loucamente como fica em Março.” Quando ela falou essas palavras, olhou para cima e viu o Gato de novo. Ele estava sentado em um galho de uma árvore.

"Você disse porco ou figo?" — afirmou o Gato.

"Eu falei porco", respondeu Alice. "E eu queria que você parasse de sumir e voltar de repente. Você faz a gente ficar confusa!"

"Está tudo certo", falou o Gato. Desta vez, ele sumiu devagar. Primeiro, sumiu a ponta da cauda. Depois, foi o restante do corpo, e por último, o sorriso dele ficou no ar por um tempo, mesmo depois de todo o resto desaparecer.

Alice pensou que às vezes via um gato que não tinha sorriso. Mas ela também achou estranho ter um sorriso sem um gato. "Isso é a coisa mais interessante que eu já vi na minha vida!"

Ela não andou muito longe antes de ver o que ela pensou ser a casa da Lebre de Março. Ela achou que era a casa certa porque as chaminés pareciam orelhas e o telhado tinha pele em cima. A casa era muito grande. Alice não queria se aproximar até que mordesse um pedaço de cogumelo com a mão esquerda e crescesse cerca de 70 centímetros. Mesmo assim, ela andou em direção à casa devagar. Ela pensou: "Vamos supor que ela esteja louca afinal! Eu quase queria ter ido ver o Chapeleiro!"

CAPÍTULO 7 • UMA FESTA DE CHÁ MUITO MALUCA

Tinha uma mesa colocada do lado de fora, debaixo de uma árvore, na frente da casa. A Lebre de Março e o Chapeleiro estavam tomando chá. Um Arganaz, que é um tipo de animal parecido com o esquilo, estava sentado entre eles, dormindo. Os outros dois usavam o Arganaz como uma almofada, apoiando os cotovelos sobre ele e conversando sobre a cabeça dele. "É muito desconfortável para o Arganaz", pensou Alice. "Mas como ele está dormindo, acho que não se importa."

A mesa era grande, mas os três estavam apertados em um canto dela. Um deles disse: "Não tem espaço!" "Não cabe!" — eles falaram alto ao ver Alice chegando. "Tem muito espaço!" — disse Alice com raiva. Ela se sentou em uma poltrona grande que estava em uma das pontas da mesa.

Alice deu uma olhada ao redor da mesa, mas não tinha nada em cima dela, só tinha chá. "Eu não estou vendo vinho nenhum", ela disse.

"Não existe nenhum", falou a Lebre de Março.

"Então não foi muito educado da parte de vocês oferecerem", disse Alice com raiva.

"E não foi muito educado se sentar sem convite", falou a Lebre de Março.

"Eu não sabia que essa era a sua mesa", disse Alice. "Além disso, ela é tão grande que tem muito mais do que três lugares."

"Seu cabelo precisa de um corte", falou o Chapeleiro. Ele olhava para Alice com muita curiosidade há um tempo. Essa foi a primeira vez que ele mostrou isso.

Alice falou com seriedade: "Você precisa aprender a não fazer comentários sobre as pessoas. Isso é muito feio."

Os olhos do chapeleiro se abriram muito ao escutar isso. Mas tudo o que ele falou foi: "O que tem em comum um corvo e uma mesa de escrever?"

"Legal, precisamos nos divertir agora!" — pensou Alice. "Que bom que começaram a contar charadas — eu acho que consigo descobrir essa", disse ela em voz alta.

"Você está dizendo que pode achar a resposta?" — falou a Lebre de Março.

"Isso mesmo", falou Alice.

"Então você deveria falar o que quer dizer", continuou a Lebre de Março.

"Eu falo", respondeu Alice rapidamente. "Bom, pelo menos — pelo menos eu quero dizer o que falo — é a mesma coisa, entende?"

"Não se parece com isso!" — falou o Chapeleiro. "Seria como dizer que 'eu vejo o que como' é igual a 'eu como o que vejo'!"

"É a mesma coisa que dizer", disse a Lebre de Março, "que 'eu gosto do que eu compro' é igual a 'eu compro o que eu gosto'!"

"É como dizer", acrescentou o Arganaz, que parecia falar dormindo, "que 'eu respiro quando durmo' é igual a 'eu durmo quando respiro'!"

"Para você é a mesma coisa", falou a Lebre. Com isso, a conversa parou e o grupo ficou em silêncio por um minuto. Alice pensou em tudo que conseguia lembrar sobre corvos e escrivaninhas. Mas não era muita coisa...

O Chapeleiro foi o primeiro a falar: "Que dia do mês é hoje?" — perguntou a Alice. Ele havia tirado um relógio do bolso e estava olhando para ele com nervoso. Às vezes, ele balançava o relógio e encostava ele no ouvido.

Alice refletiu por um tempo e disse: "O quarto". "Dois dias errados!" — reclamou o Chapeleiro. "Eu te avisei que a manteiga não ia dar certo!" — disse, olhando com muita raiva para a Lebre de Março.

"Era a melhor manteiga que tínhamos", falou a Lebre de Março de forma simples.

"Sim, mas devia ter algumas migalhas", reclamou o Chapeleiro. "Você não deveria ter colocado isso com a faca do pão."

A Lebre de Março olhou o relógio com tristeza. Em seguida, ela molhou o relógio no copo de chá e olhou para ele novamente. Mas, ela não conseguiu pensar em nada melhor e disse de novo: "Era realmente a melhor manteiga que tínhamos".

Alice olhava com interesse por cima do seu ombro. "Que relógio diferente!" — observou ela — "Ele mostra o dia do mês, mas não mostra as horas!"

"Por que eu tenho que falar as horas?" — reclamou o Chapeleiro. "O seu relógio mostra o ano?"

"É claro que não", Alice respondeu rápido. "Mas isso acontece porque o ano fica o mesmo por muito tempo."

"É isso que acontece com o meu", disse o Chapeleiro.

Alice se sentiu muito confusa. O que o Chapeleiro disse parecia não fazer sentido. Mas ele realmente falou em Inglês. "Eu não compreendi muito bem", disse ela da forma mais educada que conseguiu.

"O Arganaz dormiu de novo", disse o Chapeleiro, e colocou um pouco de chá quente no nariz dele.

O Arganaz balançou a cabeça com impaciência e falou, sem abrir os olhos: "Com certeza, com certeza; eu ia dizer isso mesmo".

"Você já achou a resposta da charada?" — perguntou o Chapeleiro, olhando para Alice novamente.

"Não, eu desisto", disse Alice. "Qual é a resposta?"

"Eu não sei nada", falou o Chapeleiro.

"Eu também não", disse a Lebre de Março.

Alice deu um suspiro bem forte. "Ela disse que não conseguem encontrar algo melhor para fazer do que perder tempo perguntando charadas que não têm resposta."

"Se você conhecesse o Tempo como eu conheço", disse o Chapeleiro, "não falaria sobre desperdiçá-lo. Ele tem valor."

"Eu não sei o que você quer dizer", falou a Alice.

"Claro que não!" — falou o Chapeleiro com desdém — "E aposto que você nunca conversou com o Tempo!"

"Talvez não", disse Alice com cuidado. "Mas eu sei que preciso praticar o tempo quando estou aprendendo uma música".

"Agora está tudo claro!" — falou o Chapeleiro — "Ele não aceita que o agredam. Mas se você tratar bem, ele fará o que você quiser com o relógio. Por exemplo, imagine que são nove horas da manhã e é hora de começar a aula. Seria simples apenas pedir ao Tempo e o relógio mudaria rapidamente! "Uma e meia, é hora de almoçar!"

"Eu gostaria que fosse assim", disse a Lebre de Março com um suspiro.

"Isso seria muito bom, com certeza," disse Alice pensando bem. "Mas assim, eu não ia sentir fome, entende?"

"No começo, talvez não", falou o Chapeleiro, "mas você poderia ficar na uma e meia o tempo que quisesse".

"É desse jeito que você faz?" — perguntou a Alice.

O Chapeleiro balançou a cabeça com tristeza. "Não!" — respondeu. "Nós tivemos uma briga em março do ano passado — bem antes dele ficar maluco" — (apontou a colher de chá para a Lebre de Março) — "Foi no grande show que a Rainha de Copas organizou, e eu tinha que cantar:

Luz, luz, morceguinho!

Como você está?

Você sabe a música, quem sabe?"

"Eu já ouvi algo parecido com isso", disse Alice.

"Ela segue, entende?", falou o Chapeleiro, "desse jeito:

Você voa acima do mundo.

como um porta-chá no céu.

Brilha, brilha..."

Aqui o Arganaz se mexeu e começou a cantar enquanto estava dormindo: "Brilha, brilha, brilha, brilha...". Ele ficou quieto por muito tempo. Por isso, precisaram dar um beliscão nele para que ele parasse de falar.

"Bom, mal tinha terminado o primeiro verso", disse o Chapeleiro, "quando a Rainha pulou e gritou: 'Ele está perdendo tempo! "Cortem a cabeça dele!'"

"Que absurdo!" — disse Alice.

"E, desde aquele dia", continuou o Chapeleiro com uma voz triste, "ele não faz nada do que eu peço!" "O tempo ficou parado às seis horas."

Alice teve uma ideia muito boa. Ela perguntou: "É por isso que tem tanta louça em cima da mesa?"

"Sim, é isso", falou o Chapeleiro triste. "É sempre hora do chá, então nunca temos tempo para limpar as coisas."

"Então eles ainda giram?" — falou Alice.

"Isso mesmo", disse o Chapeleiro. "Quando as coisas ficam sujas, nós mudamos de lugar."

"Mas o que acontece quando eles vão até o final e voltam para o começo?" — Alice teve coragem de perguntar.

"Eu acho que estamos falando de outra coisa", disse a Lebre de Março, enquanto bocejava. "Estou ficando cansada disso." Eu sugiro que você conte uma história para nós.

"Eu temo não conhecer nenhuma", disse Alice, muito assustada com a ideia.

"Então quem vai contar é o Arganaz!" — gritaram os outros dois. "Levanta, Arganaz!" — e beliscaram suas bochechas dos dois lados ao mesmo tempo.

O Arganaz abriu os olhos devagar. Ele falou com uma voz cansada e fraca: "Eu não estava dormindo. Eu ouvi tudo o que vocês disseram."

"Conte para a gente uma história!" — falou a Lebre de Março.

Alice pediu: “Sim, por favor!”

“E rapidinho,” disse o Chapeleiro, “ou você volta a dormir antes de terminar.”

“Era uma vez três irmãs pequenas”, começou rápido o Arganaz. “Os nomes delas eram Elsie, Lacie e Tillie. Elas moravam no fundo de um poço...”

“Como elas viviam?” — perguntou Alice, que sempre teve curiosidade sobre comida e bebida.

“Elas moravam em um líquido doce e grosso”, disse o Arganaz, depois de pensar um ou dois minutos.

“Não podiam fazer isso, entendeu”, disse Alice de maneira educada, “elas iam ficar doentes”.

“E eles ficaram”, disse o Arganaz, “muito doentes”.

Alice tentou pensar em como seria viver de maneira tão incrível, mas era muito difícil. Então, ela perguntou: “Mas como elas viviam dentro de um poço?”

“Tome mais chá”, falou a Lebre de Março, com muita seriedade.

“Eu ainda não tomei nenhum”, disse Alice com um sorriso irritado, “por isso não posso tomar mais.”

“Quer dizer que não dá para beber menos”, disse o Chapeleiro. “É muito simples beber mais do que nada”.

“Ninguém pediu o que você acha”, disse Alice.

“Quem está fazendo comentários sobre os outros agora?” — disse o Chapeleiro, feliz.

Alice não sabia o que falar. Então, ela pegou um pouco de chá e comeu pão com manteiga. Depois, ela olhou para o Arganaz e fez a mesma pergunta: “Como elas viviam no fundo do poço?”

O Arganaz ficou pensando por um ou dois minutos e depois falou: “Era um buraco de xarope”.

“Isso não pode ser verdade!” — falou Alice, muito triste. Mas o Chapeleiro e a Lebre disseram, “Silêncio!” “Silêncio!”, o Arganaz falou de maneira ríspida: “Se você não consegue se comportar bem, pode ser que eu pare de contar a história”.

“Não, por favor, continua!” — falou Alice de forma humilde — “Prometo que não vou te interromper de novo. Eu tenho certeza de que há pelo menos um poço de xarope.”

“Um, é verdade!” — falou o Arganaz com raiva. Porém, ela aceitou em continuar: “E assim, as três irmãs, que estavam aprendendo a desenhar...”

“O que elas estavam desenhando?” — perguntou Alice, esquecendo a promessa que fez.

“Xarope”, falou o Arganaz, dessa vez sem pensar.

“Eu quero uma xícara limpa”, falou o Chapeleiro, “vamos para outro lugar”.

Enquanto falava, já estava trocando de lugar. O Arganaz o seguiu. A Lebre de Março ficou no lugar do Arganaz, e Alice, mesmo sem querer, ficou no lugar da Lebre de Março. O Chapeleiro foi o único que ganhou com toda a mudança. Alice foi a mais prejudicada, porque a Lebre acabou de derrubar o leite no prato dela.

Alice não queria magoar o Arganaz de novo. Por isso, ela perguntou com cuidado: “Não consigo entender. De onde eles faziam o xarope?”

"Se dá para desenhar a água de um poço de água", disse o Chapeleiro, "também dá para desenhar o xarope de um poço de xarope, boba!"

"Mas elas estavam dentro do poço", disse Alice ao Arganaz, escolhendo não prestar atenção ao que ele falou a seguir.

"É claro que eles estavam dentro", disse o Arganaz. Essa resposta deixou a pobre Alice tão confusa que ela deixou o Arganaz falar sem parar por um tempo.

"Elas estavam ensinando a fazer desenhos", disse o Arganaz, bocejando e limpando os olhos, porque estava ficando muito cansado. "E faziam todo tipo de desenho. Eles desenhavam tudo que começa com a letra M."

"Por que é com M?" — indagou Alice.

"E por que não?" — disse a Lebre de Março.

Alice não falou nada.

O Arganaz tinha fechado os olhos e estava pronto para dormir. Mas, quando o Chapeleiro o beliscou, ele acordou com um pequeno grito. Depois, falou: "...que começavam com a letra M, como madeira, molho, memória e muiticidade — sabe, quando dizem que as coisas têm muita muiticidade — você já viu um desenho de uma muiticidade?"

"Olha, agora que você me pergunta", falou Alice, bem confusa, "acho que nunca..."

"Por isso, você não devia falar", disse o Chapeleiro.

Isso foi muito feio para Alice. Ela se levantou sem interesse e começou a andar. O Arganaz dormiu na hora, e nenhum dos outros percebeu que ela tinha saído. Ela olhou para trás uma ou duas vezes, esperando que a chamassem de volta. Na última vez que olhou, eles estavam tentando colocar o Arganaz dentro do bule de chá.

"De qualquer jeito, nunca vou voltar lá!" — falou Alice enquanto decidia qual caminho seguir na floresta — "É a festa de chá mais idiota que já fui na minha vida!"

Assim que terminou de falar isso, ele notou que uma das árvores tinha uma porta. "Isso é bem interessante!" — pensou ela — "Mas tudo tem sido interessante hoje." "Eu penso que é melhor entrar tudo de uma vez." Ele entrou.

Ele estava de novo no corredor longo, perto da mesa pequena de vidro. "Eu acho que agora vou conseguir lidar melhor com isso", disse para si mesma. Então, ela pegou a chave pequena e dourada. Depois, abriu a porta que entrava no jardim. Depois, começou a comer o cogumelo que tinha ficado com um pedaço guardado no bolso. Ele então cresceu até ter cerca de trinta centímetros. Então, ele passou pela pequena porta. Do outro lado, ele se encontrou em um lindo jardim. Havia canteiros com flores brilhantes e fontes com água fresca.

CAPÍTULO 8 • O CAMPO DE CROQUET DA RAINHA

Uma roseira grande estava de pé perto da entrada do jardim. As rosas que cresciam dela eram brancas. Porém, três jardineiros estavam ocupados pintando-as de vermelho. Alice achou isso muito interessante e foi mais perto para olhar. Quando ela chegou perto, escutou um deles falando: "Fique atento, Cinco! Não jogue tinta em mim!"

"Não consigo fugir disso", falou o Cinco, de maneira triste. "O Sete bateu no meu cotovelo."

Então, o Sete olhou para cima e falou: "É isso aí, Cinco! Sempre colocando a culpa em outras pessoas!"

"É melhor você ficar quieto!" — falou o Cinco — "Eu ouvi a Rainha dizer que você deveria ter a cabeça cortada ontem!"

"Para que serve?" — perguntou a pessoa que falou primeiro.

"Isso não é da sua preocupação, Dois!" — falou o Sete.

"Sim, isso é responsabilidade dele!" — falou o Cinco — "e eu vou explicar, foi porque ele trouxe as raízes de tulipa do cozinheiro em vez das cebolas".

O sete jogou seu pincel e estava começando a falar — "Bem, de todas as coisas que não são justas..." — quando viu a Alice olhando para eles. Ele ficou quieto de repente. Os outros também olharam ao redor e se inclinaram.

"Vocês podem me dizer", perguntou Alice, um pouco envergonhada, "por que estão pintando essas rosas?"

O Sete e o Cinto não falaram nada, mas olharam para o Dois. O Dois começou a falar em um tom baixo: "Olha, senhorita, a verdade é que isso deveria ser uma roseira vermelha, mas nós colocamos uma branca por engano. Se a Rainha descobrir, todos nós podemos perder nossas cabeças, entende?" Então veja, senhorita, nós estamos tentando fazer o nosso melhor antes que ela chegue para... Agora, o Cinco, que estava olhando com preocupação para o jardim, gritou: "A Rainha!" "A Rainha!" — e os três jardineiros logo se jogaram de barriga no chão. Alice ouviu muitos passos. Ela olhou para todos os lados, ansiosa para ver a Rainha.

Primeiro chegaram dez soldados carregando bandeiras. As bandeiras eram retangulares e lisas, iguais às dos três jardineiros, com mãos e pés nos cantos. Depois, vieram dez nobres. Eles estavam cheios de diamantes e andavam em pares, assim como os soldados. Depois disso, apareceram as crianças verdadeiras. Eram dez crianças. Os pequenos felizes estavam pulando de mãos dadas, em pares. Elas estavam todas enfeitadas com corações. Depois, chegaram os convidados, que eram principalmente Reis e Rainhas. Entre eles, Alice viu o Coelho branco. Ele falava de forma nervosa e rápida, sorrindo para tudo que ouviu. Ele passou por ela sem notar. Depois, veio o Valete de Copas. Ele carregava a coroa do Rei em uma almofada vermelha de veludo. Por fim, após toda a grande festa, apareceram o Rei e a Rainha de Copas.

Alice estava com muitas dúvidas se devia ficar deitada de barriga para baixo igual aos três jardineiros. Ela não se lembrou de ter ouvido alguma regra sobre cortejos. "E também, qual seria a importância de um desfile", pensou ela, "se as pessoas tivessem que deitar de barriga para baixo, para não poderem vê-lo?" Ela permaneceu em silêncio no lugar onde estava e aguardou.

Quando o grupo passou perto de Alice, todos pararam e a olharam. A Rainha falou com firmeza: "Quem é essa?" Ela falou isso para o Valete de Copas. Ele apenas se inclinou e sorriu como resposta.

"Seu idiota!" — falou a Rainha, balançando a cabeça com calma. Depois, ela se virou para Alice e perguntou: "Qual é o seu nome, menina?"

"Meu nome é Alice, é um prazer, sua Majestade", disse Alice de forma educada. Mas ela pensou para si mesma: "Bom, eles são só um grupo de cartas, mesmo assim... Eu não preciso ter medo deles!"

"E quem são essas pessoas?" — perguntou a Rainha, apontando para os três jardineiros que estavam deitados perto da roseira. Enquanto eles estavam deitados de barriga para baixo, a parte de trás deles tinha o mesmo desenho que o resto das cartas. Por isso, ela não conseguia saber se eram jardineiros, soldados, artesãos ou até três de seus próprios filhos.

"Como eu posso descobrir?" — falou Alice, espantada com a sua própria bravura — "Isso não é da minha conta".

A Rainha ficou muito brava. Ela olhou para a pessoa por um tempo, como um animal feroz, e gritou: "Cortem a cabeça dele!"

"É um absurdo!" — falou Alice, bem alto e com firmeza. A Rainha ficou quieta.

O Rei colocou a mão sobre o braço dela e com um pouco de vergonha falou: "Pense de novo, minha querida: ela é só uma criança".

A Rainha se afastou dele muito brava e falou para o Valete: "Vire-os de cabeça para baixo!"

O Valete fez isso com muito cuidado, usando um pé.

"Levantem-se!" — falou a Rainha com uma voz alta e aguda. Os três jardineiros se levantaram rapidamente e começaram a cumprimentar o Rei, a Rainha, os príncipes e todas as outras pessoas.

"Pararem com isso!" — gritou a Rainha — "Vocês estão me deixando confusa". Em seguida, ela se virou para a roseira e perguntou: "O que vocês estão fazendo aqui?"

"Deixe-me explicar, sua Majestade", falou o Dois, de forma muito respeitosa, se ajoelhando enquanto falava, "nós estávamos tentando..."

"Estou entendendo!" — falou a Rainha, que olhava as rosas — "Cortem as flores delas!" E a caminhada continuou, enquanto três dos soldados ficaram para trás para matar os jardineiros, que correram em direção a Alice procurando ajuda.

"Vocês não podem ser cortados a cabeça!" — falou Alice, e ela os colocou dentro de um grande vaso de flores que estava ao lado. Os três soldados ficaram lá por uns um ou dois minutos, procurando por eles. Depois, saíram apressados seguindo os outros.

"Estão as cabeças deles cortadas?" — gritou a Rainha. "As cabeças de vocês sumiram, se isso deixa a sua Majestade feliz!" — os soldados gritaram em resposta.

"Está certo!" — gritou a Rainha — "Você sabe jogar croquet?"

Os soldados ficaram em silêncio e olharam para Alice, porque a pergunta era claramente para ela.

"Sim!" — falou Alice.

"Vá logo!" — gritou a Rainha. Alice entrou na fila, pensando no que iria acontecer depois.

"Está sendo um dia muito bom!" — comentou, timidamente, uma voz ao seu lado. Ela estava andando com o Coelho Branco. Ele olhava com atenção para o seu rosto.

"Muito!" — falou Alice — "Cadê a Duquesa?"

"Fiquem em silêncio!" "Fiquem quietos!" — falou o Coelho de jeito baixo e rápido. Ele olhou preocupado para trás enquanto falava. Depois, ficou na ponta dos pés, aproximou a boca do ouvido dela e sussurrou: "Ela pode ser condenada".

"Por que motivo?" — perguntou Alice.

"Você falou 'Que triste?'" — perguntou o Coelho.

"Não, eu não falei", respondeu Alice. "Eu não acho que isso seja um grande problema. Eu perguntei "por qual motivo?"

"Ela fez a Rainha esperar..." — começou o Coelho. Alice sorriu um pouco. "Ah, o silêncio!" — falou o coelho com medo — "A Rainha vai te escutar! Olha, ela chegou um pouco atrasada, e a Rainha falou..."

"Voltem para os seus lugares!" — gritou a rainha com uma voz forte, e as pessoas começaram a correr para todos os lados, batendo umas nas outras. De qualquer jeito, todos se organizaram em um ou dois minutos, e o jogo começou. Alice achou que nunca tinha visto um campo de croquet tão diferente antes. O campo era cheio de ondulações. As bolas eram ouriços de verdade. As marretas eram flamingos de verdade. Os soldados tinham que se dobrar, apoiando-se no chão com as mãos e os pés, para fazer os arcos.

A maior dificuldade que Alice teve no começo foi controlar seu flamingo. Ela conseguiu colocar o corpo dele de forma alinhada e confortável embaixo do braço, com as pernas pendendo. Mas sempre que ela endireitava o pescoço para dar uma batida com a cabeça no ouriço, ele se virava e olhava para ela com uma cara tão confusa que era impossível não rir. E quando ela colocava a cabeça para baixo de novo e tentava começar a batida outra vez, era muito chato perceber que o ouriço já havia se desenrolado e estava saindo.

Além de tudo isso, sempre tinha um buraco ou uma depressão no caminho que ela queria enviar o ouriço. Os soldados sempre estavam se levantando e indo para outras partes do campo. Alice percebeu logo que aquele era um jogo realmente muito difícil.

Os jogadores começaram a jogar todos juntos. Eles não esperaram a vez de cada um. Durante o jogo, eles conversaram muito e brigaram pelos ouriços. Em pouco tempo, a Rainha ficou muito brava. Ela começou a bater e a gritar: "Cortem esta cabeça!" ou "Cortem a cabeça dele!", mais ou menos a cada minuto.

Alice começou a ficar muito preocupada. Ela ainda não teve briga com a Rainha, mas sabia que isso poderia acontecer a qualquer momento. "E depois", refletiu ela, "o que vai acontecer comigo? Eles estão muito animados em cortar a cabeça das pessoas aqui. O problema é que não tem ninguém ficando vivo!"

Ela queria encontrar uma maneira de sair. Ela pensou se conseguiria fugir sem ser notada. Então, viu algo curioso no ar. No começo, isso a deixou muito intrigada. Mas depois de olhar por um ou dois minutos, ela viu que era um sorriso grande. Ela falou para si mesma: "É o gato Cheshire; agora tenho alguém para conversar."

"Como você está?" — perguntou o Gato assim que conseguiu falar.

Alice aguardou até que os olhos surgissem e então fez um movimento com a cabeça. "Não adianta conversar com ele", pensou ela, "até ele aparecer com as orelhas, ou pelo menos com uma delas". Então, em um minuto, toda a cabeça apareceu. Alice baixou seu flamingo e começou a contar como estava jogando. Ela se sentiu muito feliz por ter alguém que a escutava. O Gato achou que tinha sua cabeça grande o bastante para aparecer. Então, ele voltou a desaparecer um pouco.

"Eu não acho que eles joguem de forma certa", começou Alice, reclamando. "Eles discutem tanto que ninguém consegue ouvir o outro. Não parece que tenham regras; se têm, ninguém as segue. Você nem imagina o quanto é confuso tudo estar vivo. Por exemplo, tem uma ponte que eu preciso atravessar andando do outro lado do campo. Eu deveria ter batido no ouriço da Rainha agora, mas ele fugiu quando me viu chegando!"

"E você gosta da Rainha?" — perguntou o gato em um tom baixo.

"De jeito nenhum", disse Alice, "ela é tão exagerada..." Então, ela percebeu que a Rainha estava bem atrás dela, escutando tudo. Por isso, ela continuou: "...e é provável que ganhe, não vale a pena jogar até o final".

A Rainha deu um sorriso e continuou andando.

"Com quem você está falando?" — perguntou o Rei, olhando para a cabeça do Gato com muita curiosidade, enquanto falava com Alice.

"É um amigo meu, um gato chamado Cheshire", disse Alice. "Deixe eu apresentar ele".

"Eu não gosto da aparência dele", disse o Rei. "Mas ele pode beijar a minha mão se quiser."

"É melhor você não fazer isso", o Gato avisou.

"Não seja desrespeitoso", disse o Rei, "e não me olhe assim!" — ele ficou atrás de Alice enquanto falava.

"Um gato pode olhar para o Rei", disse Alice. "Eu li isso em algum lugar, mas não lembro onde."

"Então, tem que tirar isso", afirmou o Rei com firmeza. Ele chamou a Rainha, que estava passando ali perto: "Minha amada! Eu quero que você tire este gato!"

A Rainha tinha apenas uma forma de resolver todos os problemas, grandes ou pequenos: "Cortem a cabeça dele!" — disse ela, sem nem olhar para os lados.

"Eu mesmo vou buscar a pessoa que vai fazer o trabalho", disse o Rei animado, e correu atrás dele.

Alice achou que poderia sair e ver de longe como o jogo estava acontecendo. Foi então que ouviu a voz da Rainha, gritando brava. Ela já sabia a decisão: três jogadores seriam mortos por não conseguirem o que deviam. Ela não gostou da situação, porque o jogo estava tão confuso que não sabia se era sua vez ou não. Então ela procurou seu ouriço.

O ouriço estava lutando com outro ouriço. Para Alice, isso era uma ótima chance de brincar com eles. O problema era que o flamingo dela tinha ido para o outro lado do jardim, onde Alice o viu tentando voar para uma árvore, mas sem sucesso.

Quando ela pegou o flamingo e o trouxe de volta, a briga tinha terminado e os dois ouriços não estavam mais por perto. "Mas isso não era muito importante", pensou Alice, "já que todos os arcos saíram deste lado do campo". Ela colocou ele debaixo do braço, para que ele não saísse de novo, e voltou a conversar um pouco mais com o amigo.

Quando ela voltou para ver o gato de Cheshire, ficou surpresa ao ver muitas pessoas ao seu redor. Havia uma briga acontecendo entre o executor, o Rei e a Rainha. Eles falavam todos ao mesmo tempo. As outras pessoas estavam em silêncio e pareciam muito incomodadas.

Quando Alice chegou, todos a pressionaram para que ela resolvesse a questão. Eles repetiram suas ideias para que ela pensasse. Enquanto todos falavam juntos, ela percebeu que era muito difícil entender exatamente o que cada um dizia.

O executor disse que não podia cortar uma cabeça sem ter um corpo para isso. Ele afirmou que nunca fez algo assim antes e que não ia começar a fazer agora.

O Rei dizia que tudo que tinha uma cabeça podia ser cortado. Ele achava que todos estavam falando coisas sem sentido.

A Rainha dizia que se nada fosse feito naquele momento, todos ao redor seriam mortos. (E foi essa última nota que fez o grupo inteiro parecer sério e preocupado de repente.)

Alice não conseguia pensar em nada mais para falar, então falou: "Mas ele é da Duquesa; é melhor perguntar para ela sobre isso".

"A mulher está na prisão", falou a Rainha para o homem que executa sentenças, "encontrem ela lá". E o executor correu rápido como uma seta.

A cabeça do Gato começou a sumir quando o executor correu. Quando ele voltou com a Duquesa, a cabeça já tinha desaparecido totalmente. Então, o Rei e o executor correram de um lado para o outro procurando a cabeça. Enquanto isso, os outros voltaram a jogar.

CAPÍTULO 9 • A HISTÓRIA DA TARTARUGA FALSA

"Você não pode imaginar o quanto estou feliz por te ver de novo, minha querida!" — falou a Duquesa, enquanto colocou o braço carinhosamente no de Alice, e elas começaram a andar juntas.

Alice ficou muito feliz ao vê-la com aquele jeito tão bom. Ela pensou que talvez fosse só a pimenta que a deixou tão animada quando se encontraram na cozinha. "Quando eu for uma Duquesa", disse ela para si mesma (mesmo que sem muita esperança), "não quero pimenta nenhuma na minha cozinha". A sopa é muito boa sem pimenta. Talvez a pimenta faça as pessoas ficarem tão bravas. Ela ficou feliz por ter descoberto uma nova ideia. "O vinagre deixa as pessoas azedas. A camomila deixa elas amargas. O açúcar de cevada e outros ingredientes fazem as crianças serem doces e felizes. Eu só queria que as pessoas soubessem isso. Assim, elas não seriam tão egoístas, entende?"

Ela estava quase esquecendo a Duquesa até aquele momento. Ficou um pouco assustada quando ouviu a voz dela perto da sua orelha. A Duquesa disse: "Você está pensando em algo, minha querida, e isso faz você esquecer de falar. Eu não consigo te contar agora qual é a lição disso, mas eu preciso lembrar em breve."

Alice se arriscou a dizer que talvez não houvesse nenhuma.

"Tut, tut, criança!" — falou a Duquesa — "Tudo tem um ensinamento, e só você pode descobrir". Ela se aproximou mais da Alice enquanto falava.

Alice não gostava de ficar muito perto da Duquesa. Primeiro, porque a Duquesa era bem feia. Segundo, porque ela era da altura certa para apoiar o queixo nos ombros da Alice. O queixo da Duquesa era bem pontudo e desconfortável. Mas ela não queria ser mal educada. Por isso, aguentou aquilo o melhor que conseguiu.

"Agora o jogo está indo muito melhor", falou ela, para manter a conversa por mais tempo.

"É, então", falou a Duquesa, "e a lição é: Ah, 'este amor', 'este amor que faz tudo acontecer!'"

"Alguém falou", Alice sussurrou, "que é feito por todos cuidando de suas próprias coisas!"

"Isso quer dizer quase a mesma coisa", falou a Duquesa, encostando seu queixo pequeno e pontudo no ombro de Alice. Depois, ela completou: "E a lição disso é: 'Cuide dos sentidos, e os sons se cuidarão sozinhos'."

Alice pensou que ela gosta de ver lições nas coisas.

"Acho que você está se perguntando por que eu não coloco meu braço ao redor da sua cintura", disse a Duquesa depois de parar um pouco; "a razão é que eu estou com dúvidas sobre o jeito do seu flamingo. Devo tentar fazer uma experiência?"

"Ele pode morder", disse Alice com cuidado, sem estar muito animada para ver a experiência.

"É verdade", falou a Duquesa, "tanto os flamingos quanto a mostarda mordem." A lição é: "Os pássaros que estão no mesmo grupo voam juntos".

"Mas mostarda não é um passarinho", disse Alice.

“Claro, como sempre”, disse a Duquesa. “Você tem uma maneira clara de explicar as coisas!”

“Eu acho que é um mineral”, disse Alice.

“Com certeza existe”, disse a Duquesa. Ela parecia pronta a concordar com tudo que Alice falava. “Tem uma grande mina de mostarda bem perto daqui.” A lição disso é: “Quanto mais eu tenho, menos você tem”.

“Ah, eu já entendi!” — disse Alice, que não ouviu bem o que foi dito antes — “É uma planta comestível.” “Não aparenta ser um, mas é.”

“Eu concordo totalmente com você”, disse a Duquesa, “e a lição disso é: ‘Seja como você aparenta ser’ — ou, se preferir algo mais simples: ‘Nunca pense que você é diferente do que parece para os outros, do que você foi ou poderia ter sido, de outra forma do que eles achavam que você era’”.

“Eu penso que preciso entender isso melhor”, disse Alice com muita educação. “Se eu tivesse isso escrito, seria mais fácil. Mas não consigo acompanhar direito enquanto você fala.”

“Isso não é muito se eu comparar com o que eu poderia falar, se quisesse”, respondeu a Duquesa de forma educada.

“Bem, não precisa se preocupar em falar isso de um jeito mais complicado”, falou Alice.

“Ah, não me fale em te atrapalhar”, disse a Duquesa. “Eu te dou um presente com tudo que eu falei até agora.”

“Um tipo de presente que não custa muito!” — pensou Alice — “Estou feliz que eles nunca me dão presentes de aniversário assim!” — mas ela não teve coragem de falar isso em voz alta.

“Está pensando de novo?” — perguntou a Duquesa, enquanto empurrava com seu queixo pequeno e pontudo.

"Eu tenho o direito de pensar," disse Alice de maneira abrupta, porque ela estava começando a se sentir um pouco preocupada.

"Quase o mesmo direito", falou a Duquesa, "como os porcos têm para voar; e a m..."

Mas aqui, para a grande surpresa de Alice, a voz da duquesa começou a desaparecer.

Até no meio da sua palavra favorita, "moral", o braço que estava conectado entre os dois começou a tremer. Alice olhou para cima e viu a Rainha na frente delas. A Rainha estava com os braços cruzados e fazia uma cara feia, como se estivesse muito brava.

"Um dia lindo, sua Majestade!" — falou a Duquesa com uma voz baixa e suave.

"Agora, eu te dou um aviso importante", gritou a Rainha, pulando no chão enquanto falava. "Ou você vai embora ou sua cabeça vai embora, e isso em um tempo bem curto." "Decida agora!"

A Duquesa fez a sua escolha e saiu rapidamente.

"Vamos seguir com o jogo", disse a Rainha para Alice. Alice estava com muito medo para falar, mas foi devagar atrás dela para o campo de croquet.

Os outros convidados estavam aproveitando que a Rainha não estava lá. Eles estavam descansando na sombra. Mas quando a viram, correram de volta para o jogo. A Rainha apenas disse que um atraso os faria perder a vida.

Enquanto jogavam, a Rainha sempre brigava com os outros jogadores. Ela gritava: "Cortem a cabeça dele!" Retire a cabeça dele! As pessoas que ela punia eram levadas pelos soldados que, claro, precisavam parar de ser arqueiros para fazer isso. Assim, por cerca de meia hora, não havia mais arqueiros. Todos os jogadores, exceto o Rei, a Rainha e Alice, estavam presos e esperando a decisão sobre a sentença.

A Rainha parou, sem conseguir respirar direito, e falou para Alice: "Você já viu a Tartaruga Falsa?"

"Não", falou Alice; "eu também não sei o que é uma Tartaruga Falsa".

"É o ingrediente que faz a Sopa de Tartaruga Falsa", disse a Rainha.

"Nunca vi uma e nunca ouvi ninguém falar", disse Alice.

"Vá então", disse a Rainha, "e ele precisa te contar a história dele".

Enquanto elas saíam juntas, Alice escutou o Rei falando baixo para todo o grupo: "Todos vocês estão perdoados". "Vamos, isso é algo positivo!" — disse ela para si mesma, porque se sentia muito triste com a quantidade de ordens de castigo que a Rainha tinha dado.

Logo elas chegaram perto de um Grifo. O Grifo estava deitado e dormindo ao sol.

"Levante-se, preguiçosa!" — falou a Rainha — "Eu trouxe esta menina para conhecer a Tartaruga Falsa e saber a história dele." "Eu preciso voltar e olhar algumas coisas que pedi"; e saiu, deixando Alice sozinha com o Grifo. Alice não gostava do jeito da criatura. Porém, ela achou que seria mais seguro ficar com ele do que procurar a Rainha selvagem. Assim, ela decidiu esperar ali.

O Grifo se levantou e esfregou os olhos. Depois, olhou para a Rainha até ela desaparecer. Então, ele começou a rir: "Que engraçado!" — falou o Grifo, falando um pouco para si mesmo e um pouco para a Alice.

"Qual é a piada?" — perguntou Alice.

"Bem, ela", disse o Grifo; "e toda a sua imaginação: eles nunca pegam ninguém, entende... Vamos!"

"Todo mundo fala 'vamos' aqui", pensou Alice, enquanto caminhava devagar atrás dele. "Eu nunca fui tão mandada na minha vida, nunca!"

Eles não tinham andado muito quando viram a Tartaruga Falsa de longe. Ela estava triste e sozinha em uma pequena pedra. À medida que se aproximavam, Alice conseguia ouvir os suspiros dela, como se seu coração estivesse machucado. Ela sentiu muita compaixão: "Qual é o problema dele?" — ela perguntou ao Grifo, e ele respondeu, quase do jeito que disse antes: "É só ilusão: ele não tem problema nenhum, entende... Vamos!"

Eles foram até o lugar onde estava a Tartaruga Falsa. Ela olhou para eles com os olhos cheios de lágrimas, mas não disse nada.

"Eis aqui esta moça", falou o Grifo, "ela quer saber sobre a sua história, se você quiser".

"Eu vou contar para ela", disse a Tartaruga de um jeito sério. "Sentem-se, vocês dois, e não falem nada até eu acabar."

Eles se sentaram e ficaram em silêncio por alguns minutos. Alice pensou sozinha: "Eu não entendo como ele pode acabar se ainda não começou". Porém, ela ficou esperando com calma.

"Um dia", falou a Tartaruga Falsa, com um grande suspiro, "eu fui uma tartaruga de verdade".

Depois dessas palavras, houve um silêncio longo. Ele foi cortado apenas por algumas exclamações de "Hjckrrh!". do Grifo e o gemido forte e constante da Tartaruga Falsa. Alice estava quase de pé e falando,

"Obrigado senhor, pela sua história interessante", mas ela não conseguia parar de pensar que ainda poderia vir mais, então ficou sentada e não falou nada.

"Quando éramos crianças", falou a Tartaruga Falsa, com um tom mais tranquilo, mas ainda reclamando um pouco de vez em quando, "nós íamos à escola que ficava no mar. O mestre era uma tartaruga velha. Nós chamávamos ele de Jabuti."

"Por que vocês chamavam ele de Jabuti, se ele não era um?" — perguntou Alice.

"Nós chamávamos ele de Jabuti porque ele nos ensinou deste jeito", disse com raiva a Tartaruga Falsa. "Você é realmente muito boba!"

"Você deveria ter vergonha de si mesma por fazer uma pergunta tão simples", disse o Grifo. Então, os dois ficaram em silêncio e olharam para a coitada da Alice, que se sentiu como se quisesse se esconder no chão. No final, o Grifo falou para a Tartaruga Falsa: "Vá em frente, velho amigo!" "Não passe o dia todo com isso!" — e ele seguiu dizendo essas palavras:

"Sim, nós fomos para a escola que estava no mar. Mesmo assim, você não deve acreditar..."

"Eu nunca falei que não acreditei!" — cortou Alice.

"Você falou", respondeu a Tartaruga Falsa.

"Fique quieta!" — disse o Grifo, antes que Alice pudesse falar mais uma vez. A Tartagura Falsa disse mais:

"Nós recebíamos uma ótima educação. Na verdade, nós frequentávamos a escola todos os dias."

"Eu vou à escola todos os dias também", disse Alice. "Você não precisa ficar tão orgulhoso de tudo isso".

"Com aulas a mais?" — perguntou a Tartaruga Falsa, um pouco nervosa.

"Sim", falou Alice, "nós aprendemos francês e a tocar música".

"E a lavagem?" — perguntou a Tartaruga Falsa.

"Claro que não!" — disse Alice, com raiva.

"Então a sua escola não é uma escola boa mesmo", falou a Tartaruga Falsa aliviada. "A nossa, no final das contas, tinha aulas extras de Francês, música e limpeza."

"Vocês não deveriam precisar disso tudo vivendo no fundo do mar", disse Alice.

"Eu não consigo pagar tantas aulas a mais", falou a Tartaruga Falsa suspirando. "Eu só fiz o curso normal."

"Que coisa é essa?" — perguntou Alice.

"Cambalear e se curvar, claro, para começar", respondeu a Tartaruga Falsa. "E os diferentes tipos da Matemática: Ambição, Distração, Feiúra e Zombaria".

"Eu nunca ouvi sobre enfeiamento", Alice tentou perguntar; "o que é isso?"

O Grifo levantou as duas patas com surpresa e disse: "O quê!" "Nunca ouvi falar de enfeiamento!" — disse. — "Você sabe o que é embelezamento, sabe?"

"Sim", disse Alice com dúvida, "isso quer dizer: fazer algo mais bonito".

"Então", o Grifo disse, "se você não sabe o que é enfeiar, você é boba".

Alice não se sentiu motivada a fazer mais perguntas sobre isso. Então ela se virou para a Tartaruga Falsa e perguntou: "O que mais você queria aprender?"

"Bom, tinha o Mistério", a Tartaruga Falsa respondeu, contando as coisas com suas patas. "O Mistério era tanto antigo quanto novo. Tinha marografia e também falar devagar. O mestre que nos ensinava a falar devagar era uma velha enguia que vinha uma vez por semana. Ele nos ensinou a falar devagar, a nos esticar e a desmaiar em espiral."

"Como isso é?" — disse Alice.

"Bom, eu não posso te mostrar", disse a Tartaruga Falsa. "Eu sou muito rígida e o Grifo nunca aprendeu."

"Eu não tive tempo", falou o Grifo. "Eu participei das aulas sobre os principais Clássicos, de qualquer jeito. O professor era um caranguejo velho."

"Eu nunca tive aula com ele", falou a Tartaruga Falsa com um suspiro. "Ele dava aulas sobre Risada e Tristeza, as pessoas costumavam dizer isso."

"Sim, eu ensinava, sim, eu ensinava", falou o Grifo, suspirando mais uma vez. E as duas criaturas esconderam o rosto nas patas.

"E quantas horas as aulas tinham por dia?" — perguntou Alice, querendo mudar de assunto logo.

"Dez horas no primeiro dia", falou a Tartaruga Falsa, "nove no dia seguinte, e assim vai".

"Que ideia diferente!" — gritou Alice.

“Esta é a razão pela qual eles chamam isso de lições”, o Grifo comentou, “porque eles fazem o tempo de aula ficar menor a cada dia”.

Alice achou essa ideia bem nova. Ela pensou um pouco antes de dizer outra coisa. Ela perguntou: “O décimo primeiro dia foi um dia de folga?”

“Com certeza era”, falou a Tartaruga Falsa.

“E o que vocês fizeram no décimo segundo dia?” — Alice perguntou com curiosidade.

“Basta de lições”, disse o Grifo com firmeza. “Agora fale para ela sobre os jogos”.

CAPÍTULO 10 • A GANGUE DA LAGOSTA

A Tartaruga Falsa respirou fundo e colocou as costas de uma de suas nadadeiras na frente dos olhos. Ele olhou para Alice e tentou falar. Mas, por um ou dois minutos, ele não conseguiu falar porque estava chorando muito. "Como se tivesse algo preso na garganta", disse o Grifo. Então ele começou a sacudir e a bater nas costas dele. No final, a Tartaruga Falsa conseguiu falar novamente. Com lágrimas escorrendo pelo rosto, ela falou:

"Você pode não ter passado muito tempo debaixo d'água..." "Eu não conheci", falou Alice. "E talvez você nunca tenha visto uma lagosta..." Alice começou a falar, "Uma vez eu experimentei...", mas parou logo e disse: "Não, eu nunca experimentei". "Então você não sabe quão gostoso é uma Quadrilha de Lagostas!"

"Não é verdade", disse Alice. "Que tipo de dança é essa?"

"Por que", falou o Grifo, "você deve primeiro fazer uma linha no fundo do mar..."

"Duas linhas!" — gritou a Tartaruga Falsa — "Focas, tartarugas, salmões e outras coisas. Então, quando você tirou todas as águas-vivas do caminho..."

"Isso normalmente toma um tempo", disse o Grifo.

"...você vai para frente duas vezes..."

"Cada pessoa com uma lagosta como amiga!" — gritou o Grifo.

“Claro”, falou a Tartaruga Falsa, “eles vão duas vezes, mudam os companheiros...”

“...então as lagostas trocam de casca e saem na mesma ordem”, continuou o Grifo.

“Então, você sabe”, a Tartaruga Falsa continuou, “você joga as...”

“As lagostas!” — gritou o Grifo, fazendo um movimento com a mão.

“...o mais longe do mar que você conseguir...”

“Nadam atrás delas!” — gritou o Grifo.

“Eles fazem um salto mortal no mar!” — gritou a Tartaruga Falsa, pulando com muita energia.

“As lagostas mudam de novo!” — gritou o Grifo bem alto.

“Eles voltam para a terra de novo, e essa é toda a primeira parte”, disse a Tartaruga Falsa, começando a falar mais baixo. As duas criaturas, que tinham pulado muito antes, agora se sentaram tristes e quietas. Olharam para Alice.

“Acho que é uma dança bem bonita”, disse Alice com um pouco de vergonha.

“Você quer ver um pouco?” — falou a Tartaruga Falsa.

“Eu quero muito”, falou Alice.

“Venha, vamos começar a primeira parte!” — falou a Tartaruga Falsa para o Grifo — “Nós conseguimos fazer isso sem lagostas, viu.” Quem deve fazer o canto?

“Ah, você canta”, falou o Grifo, “eu lembrei que não sei a letra”.

Então eles começaram a dançar com seriedade ao redor da Alice. Eles pisavam nos pés dela quando chegavam perto. Eles balançavam as patas para acompanhar o ritmo. Enquanto isso, a Tartaruga Falsa cantava uma música que era bem lenta e triste.

"Quem pode andar um pouco mais rápido?" — perguntou uma anchova para uma lesma. "Há um golfinho perto de nós e ele está pisando na minha cauda." Olhe como as lagostas e tartarugas se movem rápido! Elas estão esperando na pedra da praia. Quem vai se juntar à dança? Você vai dançar ou não vai dançar? Você vai se juntar à dança? Você vai dançar ou não vai?

"Você não imagina o quanto isso vai ser gostoso. Quando eles nos pegarem e jogarem, com as lagostas, para fora do mar!"

Mas a lesma disse: "Muito longe, muito longe!", e fez uma cara de dúvida...

Ela falou que agradeceu de forma educada à anchova, mas não ia participar da dança. Não iria se juntar à dança. Não poderia fazer isso.

Não iria se juntar à dança. Não poderia fazer isso.

"Qual é a importância de quão longe nós vamos?" — perguntou seu amigo escamoso. "Existe outra terra, você sabe, do outro lado."

Quanto mais longe da Inglaterra, mais perto fica da França." Então não fique com medo, querida anchova, mas venha e participe da dança. Você vai dançar ou não vai dançar? Você vai se juntar à dança?

Você vai dançar ou não vai?

"Obrigada, é uma dança bem legal de ver", disse Alice, se sentindo feliz por ter terminado; "e eu também gostei da música engraçada sobre a anchova!"

"Oh, como eu gosto de anchova", disse a Tartaruga Falsa. "Elas... você já viu elas, claro?"

"Sim", falou Alice, "eu às vezes as vi no jantar..." — ela parou de falar rápido.

"Eu não sei onde Jant pode estar", disse a Tartaruga Falsa. "Mas se você já a viu algumas vezes, com certeza sabe como ela é".

"Eu acho que sim", Alice respondeu pensativa. "As caudas delas ficam nas bocas... e elas estão em cima da farofa."

"Você está enganada sobre a farofa", falou a Tartaruga Falsa, "ela seria retirada do mar." "Mas elas seguram suas caudas com a boca; e a explicação é..." — aqui a Tartaruga Falsa bocejou e fechou os olhos — "Fale para ela sobre a explicação e tudo isso", ele disse para o Grifo.

"A explicação é", disse o Grifo, "que elas iriam levar as lagostas para o baile". Então elas são jogadas fora do mar. Assim, elas precisaram seguir por um caminho longo. Elas seguram suas caudas com as bocas. Assim, elas não conseguem pegar elas de novo. "Isso é tudo."

"Obrigada", falou Alice, "é bem legal. Eu nunca aprendi tanto sobre uma anchova antes."

"Eu posso te falar mais sobre isso, se você quiser", disse o Grifo. "Você sabe por que elas têm o nome de anchovas?"

"Eu nunca pensei sobre isso", disse Alice, "por que isso aconteceu?"

"É por causa das botas e dos sapatos", o Grifo disse de forma séria.

Alice ficou muito curiosa. Ela disse: "Por causa das botas e dos sapatos!" com um jeito admirado.

"Por que seus sapatos são feitos?" — perguntou o Grifo — "Quero saber: o que faz eles brilharem tanto?"

Alice olhou para baixo e pensou por um tempo antes de responder: "Eu acho que eles são limpos com graxa".

"Na água, botas e sapatos são cheios de anchovas", disse o Grifo com uma voz forte. "Agora você entende".

"E como são feitos?" — Alice perguntou com muita curiosidade.

"Peixes e enguias, claro", o Grifo respondeu com impaciência. "Qualquer camarão poderia te contar isso."

"Se eu fosse a anchova", disse Alice, que ainda pensava na música, "eu diria ao golfinho: 'Saia, por favor, não queremos você aqui!'"

"Era preciso ter eles com você", falou a Tartaruga Falsa. "Nenhum peixe inteligente iria a lugar nenhum sem um golfinho."

"Eles não vão?" — perguntou Alice com muita surpresa.

"Com certeza que não", falou a Tartaruga Falsa. "Se um peixe chegasse até mim e dissesse que estava saindo para uma viagem, eu perguntaria: 'com que golfinho?'"

"Você não quis perguntar: 'para que serve?'" — questionou Alice.

"Eu queria dizer o que eu falei", respondeu a Tartaruga Falsa de maneira ofendida. E o Grifo disse: "Vamos lá, vamos ouvir uma de suas histórias".

"Eu poderia falar sobre minhas aventuras... começando de hoje de manhã," disse Alice com um pouco de vergonha, "mas não faz sentido lembrar de ontem, porque eu era outra pessoa."

"Conte tudo isso", disse a Tartaruga Falsa.

"Avançar para as aventuras primeiro", falou o Grifo com um jeito impaciente. "As explicações demoram demais."

Alice começou a falar sobre suas aventuras desde o momento em que encontrou o Coelho Branco. Ela estava um pouco ansiosa no começo. As duas criaturas estavam muito perto dela, uma de cada lado.

Elas abriram os olhos e as bocas completamente. Mas ela teve coragem e seguiu em frente. Os ouvintes estavam bem silenciosos até a parte em que ela tentou falar o poema "Você está velho, pai William" para a Lagarta. As palavras que saíam da boca dela eram diferentes. Então, a Tartaruga Falsa respirou fundo e comentou: "Isto é muito curioso".

"Isso é tão interessante quanto pode ser", disse o Grifo.

"Está tudo diferente!" — a Tartaruga Falsa disse pensativa — "Eu queria ouvir você tentar dizer algo agora." "Comece a ordenar." Ele ficou olhando para o Grifo como se o Grifo tivesse algum poder sobre a Alice.

"Levante-se e leia O frouxo", disse o Grifo.

"Como os seres controlam os outros e fazem eles aprenderem novamente as lições!" — pensou Alice — "Eu poderia estar na escola todo esse tempo". Mas, ela se levantou e começou a repetir. A cabeça dela estava tão cheia da Quadrilha da Lagosta que ela quase não conseguia entender o que estava falando. As palavras saíram bem confusas.

"Esta é a voz da Lagosta; eu a escutei dizer:

Você me preparou a comida bem queimada, preciso colocar açúcar no meu cabelo.

Assim como um pato fecha os olhos, você deve fazer o mesmo com o nariz. Enfeite o cinto e os botões, e mova os dedos dos pés.

Quando as areias estão bem secas, ele é leve como uma brincadeira. Ele vai falar com orgulho sobre o Tubarão.

Mas, quando a água sobe e tubarões estão por perto, sua voz fica baixa e tremida."

"Está diferente do que eu costumava ouvir quando era criança" — falou o Grifo.

“Olha, eu nunca ouvi isso antes”, disse a Tartaruga Falsa, “mas parece ser uma grande bobagem”.

Alice ficou em silêncio. Ela sentou com o rosto apoiado nas mãos. Ela pensava se algo poderia acontecer de forma normal outra vez.

“Eu queria que você explicasse isso”, falou a Tartaruga Falsa.

“Ela não consegue explicar”, falou o Grifo rapidamente. “Vá em frente e comece o próximo poema.”

“Mas e os dedos do pé?” — perguntou a Tartaruga Falsa, insistindo — “Como alguém consegue virá-los com o nariz, entende?”

A Alice disse que é a primeira posição na dança. Mas ela estava muito curiosa com tudo e queria mudar de assunto.

“Vamos para o próximo poema”, disse o Grifo com pressa. “Comece com Eu passei pelo seu jardim”.

Alice não teve coragem de desobedecer. Ela achava que tudo daria errado. Mesmo assim, ela continuou falando com a voz tremendo:

“Eu fui ao seu jardim e vi, com um olho, como a Coruja e a Pantera compartilhavam uma torta:

A pantera pegou a casca da torta, o molho de carne e a carne. Enquanto isso, a coruja ficou com as vasilhas como parte do acordo.

Quando a torta ficou pronta, a Coruja, para se sentir melhor, teve a permissão de pegar uma colher.

Enquanto a Pantera pegou a faca e o garfo com um rosnado, eles terminaram a refeição.”

“Qual é o objetivo de falar tudo isso”, a Tartaruga Falsa parou e disse, “se você não explica enquanto fala? É de longe a coisa mais difícil de entender que eu já ouvi!”

"Sim, eu acho que você deveria parar", falou o Grifo. Alice era, na verdade, a única que estava contente em fazer isso.

"Devemos tentar novamente a Quadrilha da Lagosta?" — o Grifo perguntou — "Ou você prefere que a Tartaruga Falsa cante uma música?"

"Ah, eu quero uma música, por favor, se a Tartaruga Falsa for gentil", Alice respondeu, com muita ansiedade. O Grifo ficou ofendido e disse: "Hum!" Gostos não precisam de explicações. Cada um tem suas preferências. Isso é normal. O importante é respeitar o que cada um gosta. Você cantaria para ela a música "Sopa de Tartaruga", meu velho amigo?

A Tartaruga Falsa respirou profundamente e começou a cantar. Sua voz estava às vezes apertada por causa de choros.

"Sopa bonita, muito saborosa e verde, esperando em uma panela quente!

Para essa delícia, você não quer parar, certo? Sopa da noite, linda sopa!

Sopa da noite, linda sopa! Desculpe, não consigo ajudar com isso.

Desculpe, não consigo ajudar com isso. Sopa da noite, linda sopa!

Linda sopa! Quem se importa com peixe, carne ou qualquer outro tipo de comida?

Quem não daria tudo por apenas dois pedaços da linda sopa?

Dois pedaços da gostosa sopa? Desculpe, não consigo ajudar com isso.

Desculpe, não consigo ajudar com isso. Sopa da noite. Linda, LINDA SOPA!"

"Refrão de novo!" — gritou o Grifo. A Tartaruga Falsa estava começando a repetir, quando alguém gritou: "O julgamento começou!" Foi escutado de longe.

"Vamos!" — gritou o Grifo. Ele segurou a mão de Alice e eles correram para sair sem esperar a música acabar.

"Que tipo de julgamento é esse?" — Alice estava sem fôlego enquanto corria; mas o Grifo só disse "Vamos!". E corria mais rápido. As palavras tristes chegavam de forma mais fraca, levadas pela brisa que os acompanhava.

"Sooooopa da noite,

Bela, linda sopa!"

CAPÍTULO 11 • QUEM PEGOU AS TORTAS?

O Rei e a Rainha de Copas estavam sentados em seus tronos quando eles chegaram. Uma grande multidão estava com eles. Havia muitos pássaros e animais diferentes, além de todas as cartas de baralho. O Valete estava na frente deles, preso por correntes, com um soldado de cada lado fazendo guarda. Perto do Rei, estava o Coelho Branco, segurando um trompete em uma mão e um papel enrolado na outra. No centro do tribunal tinha uma mesa. Em cima da mesa tinha um grande prato com muitas tortas. As tortas pareciam deliciosas e deram muita fome em Alice ao vê-las. Ela pensou: "Quero que acabem com o julgamento e comecem a hora dos lanches!" Mas não parecia haver nenhuma possibilidade de isso acontecer. Então, ela começou a olhar para tudo ao seu redor para se entreter.

Alice nunca tinha ido a um tribunal antes, mas tinha lido sobre isso em livros. Ela ficou feliz ao ver que sabia quase todos os nomes das coisas que estavam lá. "Este é o juiz", pensou ela, "por causa de seu grande cabelo postiço".

O juiz, na verdade, era o Rei. Ele usava a coroa em cima da peruca. A coroa não parecia confortável e também não era prática.

"E esta é a mesa dos jurados", pensou Alice. "E aquelas doze criaturas" — ela teve que falar "criaturas", porque algumas eram animais e outras eram pássaros. "Acho que elas são os jurados". Ela repetiu a última palavra duas ou três vezes para si, sentindo orgulho de si mesma. Ela pensou, e com razão, que poucas meninas da sua idade entendiam o que tudo isso significava. Mas, "homens do júri" também funcionaria muito bem.

Os doze jurados estavam todos focados escrevendo em quadros. "O que eles estão fazendo?" — Alice falou baixo para o Grifo. — "Eles não devem ter nada para escrever ainda. O julgamento nem começou."

O Grifo sussurrou em resposta: "Eles estão escrevendo seus nomes". Ele disse isso porque eles têm medo de esquecer os nomes deles antes que o julgamento acabe.

"Coisas bobas!" — disse Alice, levantando a voz com raiva. Mas ela ficou quieta logo depois que o Coelho Branco gritou: "Silêncio no tribunal!" — e o Rei colocou os óculos e olhou com curiosidade ao redor, para ver quem estava falando.

Alice conseguia ver, como se estivesse olhando por cima dos ombros deles, que todos estavam escrevendo "coisas bobas!" Nas lousas, dava até para ver que um deles não sabia escrever a palavra "tolas" e precisou perguntar ao amigo ao lado como escrever. "A lousa ficará uma linda bagunça antes de acabar o julgamento!" — pensou Alice.

Um dos jurados tinha um giz que fazia um som. Alice não conseguia mais suportar isso. Então, ela contornou a corte e ficou atrás dele. Logo, ela teve a chance de pegar o giz. Ela pegou dele tão rápido que o jurado, que era Bill, o lagarto, não viu o que aconteceu. Depois disso, ele teve que escrever com o dedo o resto do dia. Isso não ajudou muito porque não fazia nenhuma marca na lousa.

"Mensageiro, leia o que estão dizendo!" — falou o Rei.

Nesse momento, o Coelho Branco soprou a trombeta três vezes. Depois, ele desenrolou um papel e leu o que estava escrito.

"A Rainha de Copas fez várias tortas

Todas em um dia de verão.

O Valete de Copas, ele pegou estas tortas e as levou muito longe!"

"Podem dar o seu julgamento", disse o Rei para os jurados.

"Não ainda, não ainda!" — disse o Coelho apressado — "Temos muitas coisas para fazer antes disso!"

"Chame a primeira pessoa que vai falar", disse o Rei. O Coelho Branco soprou a trombeta três vezes e gritou: "Primeira pessoa que vai falar!"

A primeira pessoa a testemunhar foi o Chapeleiro. Ele trouxe uma xícara de chá em uma mão e um pedaço de pão com manteiga na outra mão. "Desculpe, sua Majestade", ele disse, "por trazer isso: mas não consegui acabar meu chá quando me mandaram vir para cá".

"Você deveria ter acabado", disse o Rei; "quando começou isso?"

O Chapeleiro viu a Lebre de Março. Ela o seguiu até o palácio e estava ao lado do Arganaz. "Eu acho que é catorze de março", disse ele.

"Quinze", falou a Lebre de Março.

"Dezesseis", falou o Arganaz.

"Escrevam isso", o Rei falou para os jurados. Eles rapidamente anotaram as três datas em suas lousas. Depois, eles somaram os números e transformaram a resposta em xelins e centavos.

"O chapeleiro deve tirar o seu chapéu", falou o Rei.

"Não pertence a mim", afirmou o Chapeleiro.

"Roubaram!" — o Rei gritou, olhando para os jurados, que rapidamente anotaram o que aconteceu.

"Eu tenho eles para vender", o Chapeleiro explicou; "não tenho nenhum que seja meu. Eu trabalho com chapéus."

Agora a Rainha colocou seus óculos e começou a olhar para o Chapeleiro. Ele ficou com a pele clara e nervoso.

"Mostre a sua prova", disse o Rei; "e não fique com medo, ou eu vou te matar na hora".

Isso não pareceu ajudar a testemunha. Ele ficou mudando de pé, olhando de jeito envergonhado para a Rainha. Com toda essa confusão, ele mordeu um pedaço grande da sua xícara de chá em vez do pão com manteiga.

Alice começou a sentir algo estranho. Isso a deixou pensando por um tempo até que percebeu o que era: ela estava crescendo de novo. No começo, pensou em se levantar e sair de onde estava. Mas depois, ao pensar mais, resolveu ficar ali, desde que tivesse espaço.

"Eu espero que você não espirre", disse o Arganaz que estava perto dela. "Eu estou tendo dificuldade para respirar."

"Eu não consigo evitar", Alice falou de forma suave, "eu estou crescendo".

"Você não pode crescer aqui", disse o Arganaz.

"Não fale besteiras", disse Alice com bravura, "você sabe que também está crescendo".

"Sim, mas eu cresço de um jeito normal", disse o Arganaz, "não assim de um jeito engraçado". Ele levantou de mau humor e foi para o outro lado do pátio.

A Rainha olhou para o Chapeleiro o tempo todo. Quando o Arganaz passou pela corte, ela pediu a um de seus oficiais: "Traga-me a lista dos cantores do último show!" O Chapeleiro ficou tão assustado que fez os sapatos caírem.

"Fale o que você sabe", o Rei falou com raiva. "Se você não falar, eu vou fazer algo muito ruim com você, esteja você nervoso ou não."

"Eu sou um homem muito pobre, sua Majestade", começou o Chapeleiro, com a voz tremendo. "Eu não comecei meu chá... foi só há uma semana... e o pão com manteiga está tão fino... e o chá está sem brilho..."

"O brilho de que coisa?", perguntou o Rei.

"O começo é com o chá", respondeu o Chapeleiro.

"É claro que a palavra brilho começa com B!" — falou o Rei rapidamente — "Você acha que sou bobo?"

"Eu sou um homem sem dinheiro", disse o Chapeleiro. "E a maioria das coisas parecem brilhar para mim... só a Lebre de Março falou..."

"Eu não falei!" — a Lebre de Março falou rapidamente.

"Você falou isso!" — disse o Chapeleiro.

"Eu não aceito!" — falou a Lebre de Março.

"Ele não admite," disse o Rei, "deixe essa parte de lado."

"Bom, de qualquer forma, o Arganaz falou..." — e o Chapeleiro seguiu falando, olhando com preocupação ao redor para ver se ele ia discordar também: mas o Arganaz não discordou de nada, pois estava dormindo muito.

"Depois disso", o Chapeleiro disse, "cortei mais um pouco de pão e manteiga..."

"Mas o que foi que o Arganaz falou?" — perguntou um dos jurados.

"Eu não consigo me lembrar disso", falou o Chapeleiro.

"Você precisa lembrar", o Rei avisou, "ou eu vou te punir".

O Chapeleiro triste deixou cair sua xícara de chá e o pão com manteiga. Ele então se ajoelhou. "Eu sou um homem pobre, sua Majestade", ele começou...

"Você fala muito mal", disse o Rei.

Um dos Porquinhos da Índia ficou animado, e logo foi controlado pelos oficiais do palácio. Como essa palavra é difícil, vou explicar como faziam. Eles usavam uma grande bolsa feita de lona. Amarravam a boca da bolsa com um barbante. Dentro da bolsa, colocavam o Porquinho da Índia, e então sentavam em cima.

"Alice pensou que estava contente por ter visto acontecer. Ela já tinha lido nos jornais que, no final dos julgamentos, algumas pessoas tentaram aplaudir, mas os guardas da corte pararam isso logo. Ela nunca tinha entendido o que isso queria dizer até agora."

O Rei disse: "Se isso é tudo que você sabe, pode descer."

"Não consigo descer mais", disse o Chapeleiro; "já estou no chão".

"Então você pode se sentar", disse o Rei.

Outro Porquinho da Índia bateu palmas, mas foi silenciado.

"Bom, isso terminou com os Porquinhos da Índia!" — pensou Alice — "Agora nós devemos avançar melhor".

"Eu quero acabar meu chá", disse o Chapeleiro, olhando preocupado para a Rainha, que estava lendo a lista de cantores.

"Você pode ir", falou o Rei. O Chapeleiro saiu apressado do palácio, sem esperar para calçar seus sapatos.

"...e cortem a cabeça dele lá fora", disse a Rainha para um dos soldados. Mas o Chapeleiro já tinha saído da vista dela antes que o soldado chegasse na porta.

"Chame a próxima pessoa que vai falar!" — disse o Rei.

A próxima pessoa a falar era a cozinheira da Duquesa. Ela segurava uma caixa com pimenta na mão. Alice soube quem era antes dela entrar na sala. As pessoas estavam espirrando todas juntas perto da porta.

"Conte o que você pensa", disse o Rei.

"Não", falou a cozinheira.

O Rei olhou preocupado para o Coelho Branco. Ele falou em um tom baixo: "Sua Majestade precisa olhar para esta pessoa que vai testemunhar".

"Bom, se eu tenho que fazer isso, eu faço", falou o Rei, com um jeito triste. Ele cruzou os braços e fez uma cara séria para a cozinheira, até que seus olhos ficaram quase escondidos. Então, falou com uma voz profunda: "Do que são feitas as tortas?"

"A pimenta, principalmente", disse a mulher que cozinha.

"Xarope", falou uma voz cansada que estava atrás dela.

"Capturem este Arganaz!" — gritou a Rainha — "Cortem a cabeça! Retirem o Arganaz da corte! Tirem-no! Peguem nele! Removam seus bigodes!"

Por alguns minutos, toda a corte ficou confusa, menos o Arganaz. Quando eles se sentaram de novo, a cozinheira já não estava mais lá.

"Não tem problema!" — falou o Rei, parecendo aliviado — "Chame a próxima pessoa que vai testemunhar!" — e acrescentou em voz baixa para a Rainha: “É sério, minha amada, você precisa ouvir a próxima testemunha.” “Isso faz a minha cabeça doer!”

Alice viu o Coelho Branco enquanto ele olhava a lista. Ela estava muito curiosa para saber quem seria a próxima pessoa a falar. “Porque ainda não tiveram muitas pessoas falando”, comentou consigo mesma. Imagine a sua surpresa quando o Coelho Branco chamou, da maneira mais alta que sua voz fina conseguia: “Alice!”

CAPÍTULO 12 • ALICE CONTOU O QUE ACONTECEU

"Aqui!" — gritou Alice. Ela quase esqueceu o quanto tinha crescido nos últimos minutos. Alice pulou com tanta pressa que bateu na mesa dos jurados. A mesa caiu e os jurados foram parar no público abaixo. Eles se espalharam, e isso fez Alice lembrar do aquário do peixe dourado que ela havia derrubado uma semana atrás.

"Desculpe!" — ela gritou com muito medo. Ela começou a pegar os peixes novamente o mais rápido que conseguia. O acidente com o peixe dourado ainda estava em sua cabeça. Ela pensou que precisava coletá-los logo e devolver para a mesa dos juízes, ou eles iam morrer.

"O julgamento não pode acontecer", disse o Rei com uma voz forte, "até que todos os jurados voltem para os seus lugares... todos", ele repetiu com muita firmeza, olhando sério para Alice enquanto falava.

Alice olhou para a mesa dos jurados e percebeu que, por causa da sua pressa, colocou o Lagarto de cabeça para baixo. O pobre animal estava balançando sua cauda de um jeito triste e quase não conseguia se mexer. Ela o tirou rápido e colocou de novo do jeito certo. "Não que isso tenha muito valor", pensou ela. "Acredito que a participação dele no julgamento seria igual de qualquer forma."

Quando os jurados se acalmaram depois de serem surpreendidos, e suas coisas foram achadas e entregues, eles começaram a escrever sobre o que aconteceu no acidente. Todos fizeram isso com cuidado, menos o Lagarto, que parecia muito cansado. Ele só conseguiu ficar sentado, com a boca aberta, olhando para o teto do tribunal.

"O que você conhece sobre um julgamento?" — o Rei perguntou a Alice.

"Não é nada", disse Alice.

"Nada mesmo?" — perguntou o Rei de novo.

"Nada mesmo", falou Alice.

"Isso é bem importante", falou o Rei, olhando para o júri. Eles começaram a escrever nas lousas deles quando o Coelho Branco interrompeu. Ele disse: "Sem importância, Sua Majestade quis dizer, é claro". Ele falou de um jeito respeitoso, mas ficou com a testa franzida e fez careta enquanto falava.

"Não é importante, claro", o Rei falou rapidamente. Depois ele continuou murmurando para si, "importante... não importante... não importante... importante..." como se estivesse tentando descobrir qual palavra soava melhor.

Alguns jurados escreveram "importante", e outros escreveram "desimportante". Alice conseguia ver tudo porque estava perto das pranchetas deles. "Mas isso não faz diferença nenhuma", pensou ela.

Agora o Rei, que estava ocupado escrevendo em seu caderno, gritou "Silêncio!" Ele leu do seu caderno: "Regra Quarenta e Dois. Todas as pessoas que têm mais de um quilômetro de altura precisam sair do tribunal."

Todas as pessoas olharam para a Alice.

"Eu não tenho um quilômetro de altura", falou Alice.

"Você possui", falou o Rei. A Rainha acrescentou que são quase dois quilômetros de altura.

"Olha, eu não vou, de jeito nenhum," disse Alice. "Além disso, isso não é uma regra verdadeira: você criou isso agora."

O Rei falou que é a regra mais antiga do livro.

"Então deve ser a Número Um", disse Alice.

O Rei ficou branco e fechou o caderno de pressa. "Pensem no que decidir", disse aos jurados, com uma voz fraca e baixa.

"Tem mais provas para olhar — por favor, Sua Majestade", falou o Coelho Branco, pulando apressado; "este papel acabou de ser pego".

"O que tem dentro dele?" — perguntou a Rainha.

"Eu ainda não abri", disse o Coelho Branco. "Mas parece ser uma carta escrita por uma pessoa que está presa para... para alguém."

"Deve ter sido isso", disse o Rei. "A não ser que tenha sido escrita para ninguém, o que não é comum, sabe?"

"Para quem isso é enviado?" — perguntou um dos jurados.

"Não tem endereço", disse o Coelho Branco. "Na verdade, não tem nada escrito na parte de fora." Ele abriu o papel enquanto falava e disse: "Não é uma carta, na verdade, é um grupo de poemas".

"Vocês têm a letra do prisioneiro?" — perguntou outro membro do júri.

"Não, eles não estão", falou o Coelho Branco. "E isso é a coisa mais estranha sobre eles." Os jurados se encararam com curiosidade.

"O Rei disse que ele deve ter copiado a letra de outra pessoa." O júri voltou a ficar tranquilo.

"Por favor, Senhor Rei", disse o Valete, "eu não escrevi e eles não podem mostrar isso: não tem nome assinado no final".

"Se você não assinou", falou o Rei, "isso só torna as coisas mais difíceis. Você deve ter feito isso de maneira errada, ou teria colocado seu nome como uma pessoa honesta."

Nesse momento, todos estavam de acordo. Foi a primeira coisa brilhante que o Rei falou naquele dia.

"Isto prova a sua culpa", disse a Rainha.

"Não prova nada!" — disse Alice. "Por que eu iria provar? Você nem entende do que está falando!"

O Rei disse para ler a carta.

O Coelho Branco colocou seus óculos de visão. "Por onde eu devo começar, Sua Majestade?" — ele questionou.

"Comece do começo", o Rei respondeu rápido, "e siga até você chegar ao fim; aí você para."

Ficou um grande silêncio no tribunal, enquanto o Coelho Branco falava esses versos:

"Ele me contou o que você tem sido para ela.

E me citou para ele:

Ela me mostrou um sinal positivo,

mas falou que eu não podia nadar.

Ele mandou uma mensagem dizendo que eu não fui.

(Nós sabemos que isso é verdade):

Se ela pudesse continuar falando sobre isso,

o que teria acontecido com você?

Eu dei um para ela. Eles deram dois.

Nós demos três ou mais.

Todas elas foram para ele e voltaram para você.

Mesmo que antes elas fossem minhas.

Se eu ou ela pudéssemos participar dessas coisas,

Ele acreditaria que você poderia soltá-los,

igual a como nós fomos soltos.

Eu pensei que você estava sendo assim.

Um impedimento que surgiu entre ele e nós.

Não deixe que as pessoas saibam que ela gostava deles.

Esse deve ser sempre um segredo.

Ninguém deve saber.

Entre você e eu."

"Essa é a prova mais importante que já ouvimos", disse o Rei, esfregando as mãos; "então vamos deixar o júri..."

"Se alguma pessoa puder explicar", falou Alice (ela tinha crescido muito nos últimos minutos e não estava com medo de interrompê-lo), "eu vou dar a essa pessoa seis centavos. Eu não consigo acreditar que tem um átomo de sentido em tudo isso."

Todos os jurados escreveram em suas lousas: "Ela não acha que tenha um mínimo de sentido em tudo isso". Mas nenhum deles tentou explicar a parte que cada um deveria fazer.

"Se não tem um sentido", disse o Rei, "isso evita muitos problemas, entende? Assim, nós não precisamos procurar nenhum." "Eu ainda não sei", ele disse. Ele colocou os versos em seus joelhos e olhou com um olho. "Parece que consigo ver algum sentido neles, mesmo assim..."

"Ele falou que eu não conseguia nadar..." — "Você não consegue nadar, consegue?" — ele falou, olhando para o Valete.

O Valete moveu a cabeça com tristeza. "Eu acho que consigo?" — falou ele. (O que com certeza não podia fazer, sendo feito todo de papelão.)

"Está tudo bem até agora", falou o Rei, e seguiu falando os versos baixinho: "'Nós sabemos que é verdade...' — que é o julgamento, é claro... Eu dei a ela uma torta, eles deram duas tortas... então, o que ele fez com as tortas, você sabe..."

"Mas elas voltaram todas para você", disse Alice.

"Bom, aqui estão elas!" — falou o Rei com alegria, apontando para as tortas na mesa. Isto não pode ser mais claro. "Antes você tinha forma..." — ele falou para a Rainha. "Você nunca teve forma, minha querida, certo?"

"Nunca!" — falou a Rainha com raiva, jogando um tinteiro no Lagarto enquanto falava. O triste era o pequeno Bill. Ele tinha parado de escrever na lousa com o dedo porque viu que não deixava marca. Mas agora ele tinha começado de novo. Ele usava a tinta que escorria do seu rosto enquanto ainda dava para usar.

"Então as palavras não fazem você", disse o Rei, olhando para a corte com um sorriso. O lugar ficou muito quieto.

"É uma brincadeira de palavras!" — o Rei falou de forma chateada, e todos deram risada. "Deixem o júri pensar na decisão", falou o Rei, pela vigésima vez naquele dia.

"Não, não!" — falou a Rainha. "Primeiro vai a decisão... depois vem o resultado."

"Que ideia sem sentido!" — falou Alice em voz alta — "Como pode ter uma frase antes da decisão!"

"Guarde suas palavras!" — falou a Rainha ficando da cor roxa.

Alice disse: "Não!"

"Cortem a cabeça!" — a Rainha gritou bem alto. Ninguém se mexeu.

"Quem está chamando vocês?" — perguntou Alice (que tinha crescido até seu tamanho normal nesse momento.) — "Vocês não passam de um baralho de cartas!"

Neste momento, todas as cartas foram para o ar e voaram em direção a ela. Ela soltou um grito pequeno, com medo e um pouco de raiva. Tentou tirar as cartas com as mãos. Depois, percebeu que estava deitada em um banco, com a cabeça no colo da irmã. A irmã estava gentilmente tirando folhas secas que tinham caído da árvore sobre o rosto dela.

"Levante-se, querida Alice!" — falou sua irmã — "Nossa, que sono longo você teve!"

"Ah, eu tive um sonho interessante!" — disse Alice. Ela contou para a irmã, da melhor maneira que conseguia lembrar, todas as aventuras estranhas que você acabou de ler. Quando ela terminou de explicar tudo, sua irmã a beijou e disse:

"Foi um sonho bem interessante, minha querida. Mas agora se apresse para o seu chá. Está ficando tarde." Alice levantou-se e começou a correr. Enquanto corria, ela pensava no lindo sonho que tinha sonhado.

A sua irmã se sentou assim que ela saiu. Ela inclinou as mãos, olhou o pôr do sol e pensou na pequena Alice e nas suas incríveis aventuras. Então, ela começou a sonhar de um jeito especial. Esse foi o sonho dela:

Ela sonhou com a pequena Alice. Alice estava sentada com as mãos sobre o joelho. Seus olhos brilhantes se levantaram quando ela chegou. Ela podia ouvir a voz de Alice. Ela também arrumou o cabelo que caía nos olhos. Enquanto ouvia, o lugar ao redor mudou e se transformou nas criaturas estranhas do sonho de sua irmã.

A grama longa fez barulho nos pés do Coelho Branco enquanto ele corria. O Rato, com medo, pulou e caiu na piscina perto dele. Ela conseguia ouvir o barulho das xícaras da Lebre de Março e de seus amigos que estavam comendo sem parar. O Porco-Bebê espirrou no joelho da Duquesa, e muitos pratos e louças se quebraram ao redor. Novamente, o Grifo gritou, o Lagarto fez barulho com a lousa e os Porquinhos da Índia estavam muito agitados. Tudo isso misturava-se com os choros distantes da Tartaruga Falsa.

Ela ficou quieta e sentada, com os olhos fechados. Metade dela acreditou no País das Maravilhas. Mas ela sabia que precisava abrir os olhos de novo. Tudo ia mudar para a realidade chata. A grama só seria o barulho do vento e a piscina se mexeria. O som das xícaras mudaria para o tilintar dos sinos de carneiros. O grito forte da Rainha se transformaria na voz do jovem pastor. O espirro do Bebê, o grito do Grifo e todos os outros sons estranhos iriam mudar. Ela sabia que eles se tornariam o barulho confuso do jardim da fazenda. Enquanto isso, o mugido da vaca distante soaria como os soluços da Tartaruga Falsa.

No final, ela pensou em como sua irmãzinha iria crescer e se tornar uma mulher adulta, assim como ela. Ela pensou também em como sua irmã iria manter o coração simples e cheio de amor que tinha na infância. Ela imaginou que sua irmã ia juntar outras crianças pequenas ao seu redor. Assim, elas ficariam felizes ouvindo muitas histórias diferentes, até sobre o País das Maravilhas que apareceu há muito tempo. Além disso, ela pensou em como sua irmã iria enfrentar as tristezas do mundo e encontrar alegria nas coisas simples, lembrando-se da infância e dos dias felizes de verão.

FIM

Esta obra foi composta por Maquinaria Editorial nas famílias tipográficas Stix Two Text e Letter Gothic Std. Impresso pela gráfica Plena Print em maio de 2025.